红军的故事丛书

铁流转进

张伟佳 编著

 时代出版传媒股份有限公司
安徽教育出版社

图书在版编目（CIP）数据

铁流转进 / 张伟佳编著. —合肥：安徽教育出版社，2020
（红军的故事丛书）
ISBN 978-7-5336-8869-1

Ⅰ.①铁… Ⅱ.①张… Ⅲ.①革命故事－作品集－中国－当代
Ⅳ.①I247.81

中国版本图书馆 CIP 数据核字（2019）第 056154 号

铁流转进

TIELIU ZHUANJIN

出 版 人：费世平
质量总监：姚 莉
责任编辑：周 佳
美术编辑：吴亢宗
装帧设计：观止堂_未氓
责任印制：王 琳

出版发行：时代出版传媒股份有限公司　安徽教育出版社
地　　址：合肥市经开区繁华大道西路 398 号　邮编：230601
网　　址：http://www.ahep.com.cn
营销电话：(0551)63683012，63683013
排　　版：安徽时代华印出版服务有限责任公司
印　　刷：大厂回族自治县德诚印务有限公司

开　本：650×960　1/16
印　张：9
字　数：160 千字
版　次：2020 年 5 月第 1 版　2020 年 5 月第 1 次印刷
定　价：25.00 元

（如发现印装质量问题，影响阅读，请与本社营销部联系调换）

"红军的故事"丛书编委会名单

许思义
周　平
张荣辉
孙红超
盖　克
马永义

序 言

夜半三更哟盼天明

寒冬腊月哟盼春风

若要盼得哟红军来

岭上开遍哟映山红

……

每当听到电影《闪闪的红星》插曲《映山红》的优美旋律,我就情不自禁地跟着唱起来,电影中的画面不断地在眼前浮现。

童年的我最喜欢的一部电影就是《闪闪的红星》,是它,让我对红军形象有了具体的感知。原来,红军不是神秘的"天兵天将",而是一个个有血有肉的人。他们同我们一样,有爱有恨,有喜有悲。但他们与我们又不一样。但哪里不一样呢?孩提时代的我,是搞不清楚这个问题的。

我的家乡是一个革命老区。抗日战争时期,新四军在那儿战斗过。听家乡的老人说,有一年鬼子来扫荡,老百姓跑到东边的山里躲藏起来,是一个新四军战士开枪,把鬼子引到了西边的山上,老百姓这才躲过了一劫。我的家族中有一位前辈,据传是新四军的一名基层军官,最后牺牲在鬼子的枪口下。谭震林指挥的"峨山头搏斗",就发生在我的家乡。

小时候的我分不清红军、八路军、新四军有什么区别，但我知道，他们都是英雄。后来，我是从老人们讲的故事中、从电影中、从书本中了解了红军、八路军、新四军的。我热爱他们，钦佩他们！

研究生毕业时，正赶上军校特招地方大学生入伍，我毫不犹豫地应征，成了一名军人。我认识到，红军、八路军、新四军都是党领导下的人民军队，他们与其他军队的根本区别就是，他们是人民的子弟兵，全心全意为人民服务是他们的宗旨。

在我的家乡，清明节这天，无论晴天还是雨天，各校师生都要集合起来，带着花圈，给烈士们扫墓。在烈士墓前，师生们恭恭敬敬地聆听烈士们的英雄故事。有一位烈士，没有家人，连名字都没有人知道，他的墓前只有一块石碑。老师们唏嘘不已，学生们悲伤流泪。之后，各人回各人的家，随家人给自己的先人上坟。家里有孩子上学的，大人一定会等孩子给烈士扫墓后，再领孩子上自家的祖坟。我们这一代人，在红色文化熏陶下从童年走入青年，又从青年走入中年。

成长于改革开放时期的青少年们，更多的是从各种媒体中了解人民军队的。为了让青少年们对红军有更加全面、具体的认识，我们编写了"红军的故事"丛书。我们想告诉青少年朋友：正确认识历史，我们才能更好地前进。为了创造更辉煌的未来，我们不能忘记红军！

汤家玉

目录
CONTENTS

第一章
序幕

宁都会议	1
浴血广昌	6
行色匆匆	15
血浸东南	20
湘西星火	26

第二章
征途

踏上征途	35
过关斩将	43
血染湘江	52
通道筹谋	64

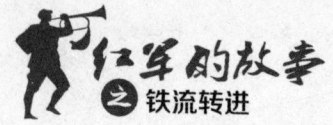

第三章
希望

遵义重塑	75
四渡赤水	84
屡出奇兵	92
铁索寒，铁骨铮	98

第四章
会师

会师暗流	104
雪山草地	113
抗日北上	118
万道归一	123

第五章
尾声

第一章 序 幕

毛泽东在《中国的红色政权为什么能够存在？》一文中指出："割据地区的扩大采取波浪式的推进政策，反对冒进政策。因为这些策略的适当……虽以数倍于我之敌，不但不能破坏此割据，并且不能阻止此割据的日益扩大。"但是，1933年中共临时中央抵达中央苏区后，由于坚决执行"左"倾错误路线及错误的军事战略方针，在国民党的第五次"围剿"面前，红军节节败退，根据地被步步蚕食，最终失去在中国南方继续生存和发展的环境，被迫进行战略性转移。

宁都会议

云石山地处江西省瑞金市境内西部，是一座高不到50米，方圆不足1000平方米的小山。云石山地貌奇特，怪石林立，树木茂盛，气候宜人，四季如春，从远处看犹如仙女遗落凡间的大花篮。正所谓"山不在高，有仙则名"，云石山正因为与我党、我军历史上的多次重大事件有着千丝万缕的联系而让人们记住了它。在这座山上有一座青瓦黄墙的古刹，庙门两侧有一副对联：云山日永常如昼，古寺林深不老春。横批取上下联各前两个字：云山古寺。寺中满园芳草，寺后有一棵大樟树，树下有两个青石凳。中华苏维埃共和国主席毛泽东此时无公可办，闲居于此，或坐在青石凳上

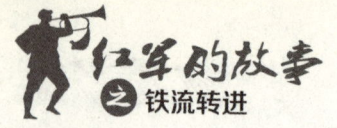

静静地读书，或远眺四周的稻田和袅袅炊烟。然而，他的思绪没有眼前的景象那样平静，心情更是沉闷至极。

1921年7月，中国共产党在上海召开第一次全国代表大会，正式宣告中国共产党的成立。此后，中共中央在上海——中国革命斗争形势最复杂的大都会——安家12年，直到1933年1月，博古、张闻天等人将中共中央机关迁往红都瑞金。这期间，中共中央历经磨难，真可谓一路坎坷、险象环生。

1929年初春，一个中国青年，从共产主义革命的圣地莫斯科一路辗转回到了上海，打算要代表共产国际改造"缺乏理论武装"的中国共产党。他就是王明。

王明，原名陈绍禹，毕业于莫斯科中山大学，是米夫的得意门生。为了让王明进入中共高层，掌握领导权，在1931年1月7日召开的中共六届四中全会上，米夫扮演了一个极不光彩的角色。在他的操纵下，王明在一片争吵声中，从一名普通党员成为中共中央政治局委员，实际上已掌握了党的领导大权。

1931年4月下旬，中央政治局候补委员、中央特科负责人顾顺章被捕叛变。"白色恐怖"使上海中央机关处于十分危险的境地，王明借共产国际要中共派人担任代表的机会，决定再赴苏联，远离中国革命最危险、最前沿的阵地。

王明临行前组织了中共中央临时政治局，并让24岁的博古负总责，坚决执行共产国际和他的指示。由此，在中国共产党的历史上影响深远的"左"倾错误思想逐渐向苏区蔓延。

中共中央受到俄国革命的影响，长期把攻打大城市作为革命斗争的主要任务。"必须向外发展，必须占领一个两个顶大的城市"，"不要重复

第一章
序幕

胜利后休息,致使敌人得以从容地退却"。这是临时中央对红军的指示。1931年12月,周恩来由上海到达中央苏区,就任苏区中央局书记,领导中央苏区工作。在"左"倾教条主义的指导下,当时武器装备极其落后的红军,不得已冒险攻打由敌人重兵把守且设防坚固的中心城市。

周恩来考虑到当时敌强我弱的斗争态势,回电临时中央,说明中央苏区红军目前攻打中心城市有困难。但临时中央并没有完全接受这一合理意见,复电中仍然称:至少要在抚州、吉安、赣州中选择一个城市攻打。

按照临时中央指示,1932年2月4日,彭德怀率领红三军团围攻赣州。不出所料,尽管红军将士英勇果敢,但激战月余毫无斩获,加上敌人的援军已至,红军被迫于3月7日从赣州撤兵。然而,此次战役红军付出的代价是惨痛的,伤亡3000多人,红四军第十一师政委张赤男、红五军团第十三军第三十七师政委欧阳健阵亡。在之后的水口战役中,甚至出现了"战场景象之惨烈为第二次国内革命战争时期所罕见"的场景。

赣州战役的失败,使得苏区中央局不得不总结经验教训。毛泽东建议"在蒋介石力量薄弱的地区,广泛开展游击战争,以巩固和扩大中央苏区",这一方针很快奏效。4月20日,红军攻占闽南重镇漳州,歼灭守敌第四十九师大部,俘敌1600多人,取得漳州大捷。

然而,这一举动显然违背了中共中央既定的"攻打大城市"的战略部署和战略方向,于是,一场针对毛泽东的反"右倾机会主义"批判开始了。

1932年4月25日,《红旗周报》发表了题为《在争取中国革命在一省与数省的首先胜利中,中国共产党内机会主义的动摇》的长篇文章,把党内正确的思想以及对"左"倾教条主义持怀疑和抵制态度的同志,一概说成右倾机会主义,号召全党要对其加以最坚决无情的斗争。

5月,临时中央多次给苏区中央局发出指示,对周恩来到中央苏区后的

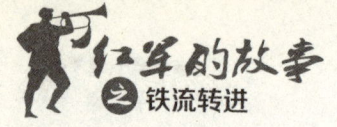

工作进行指责,并指示:目前应该采取积极进攻策略,夺取一两个中心城市,来发展一省或数省的胜利……

周恩来一时左右为难,明知临时中央的决定是错误的,但不得不去执行,并作出自我批评,坚决拥护临时中央"积极进攻"的路线。但在红一方面军总政委的人选上,周恩来力挺毛泽东担任,认为"泽东的经验与长处,还须尽量使他发展……由毛泽东指挥,于实际于原则均无不合"。

8月初,红一方面军前方由周恩来、毛泽东、朱德和王稼祥组成最高军事会议,以周恩来为主席,负责处理行动方针和作战计划。

9月23日,周恩来、毛泽东、朱德、王稼祥致电苏区中央局并转临时中央,报告下一步的行动方针:出击必须有把握胜利与消灭敌人一部,以便各个击破敌人,才是正确策略,否则,急于求战而遭不利,将造成更严重错误。

9月25日,苏区中央局回电,对他们的行动方针表示反对,认为他们没有配合鄂豫皖、湘鄂西的行动逼近几个城市,而是搞分兵。周恩来、毛泽东、朱德和王稼祥立即致电反驳,坚持原定计划。但中央苏区和临时中央仍主张攻取一省或数省的既定目标。

面对这样的指示,前方的周恩来等人与后方的苏区中央局产生了严重分歧,后方的临时中央不顾前方的实际困难,一味督促进攻。矛盾逐步尖锐,周恩来和毛泽东都意识到,黑云压顶了……

10月上旬,江西宁都,原本宁静的小源村,党内批判所谓"右倾机会主义"的前哨战——宁都会议突然在这里召开。

会议集中批评了毛泽东"动摇并否认过去胜利成绩","专去等待敌人进攻的右倾主义危险"。而与毛泽东朝夕相处的周恩来见证了毛泽东指挥红军得心应手,接连取得前三次反"围剿"胜利的累累战果,所以力保毛

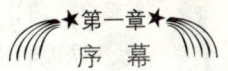

泽东。

周恩来认为：毛泽东在前方对战争是有利的，他了解红军也了解地形，这都有利于军事指挥。因而他提出两种对毛泽东的安排方式：一是由他担任红一方面军总政委，负战争全部责任，毛泽东担任他的助理；二是直接由毛泽东担任红一方面军总政委。

然而，周恩来的这种提法明显不符合苏区中央局的意愿，所以当即遭到了强烈的反对。此时的毛泽东比任何人都清醒，他一句话也没说，自顾自地在角落里不停地抽烟。最后，他缓缓站起身来说："既然苏区中央局不信任我，我留在前方就不适合了。我现在身体也不太好，如果是这样的话，我想向苏区中央局请一个时期的病假，至于你们同不同意，请组织决

★宁都会议会址

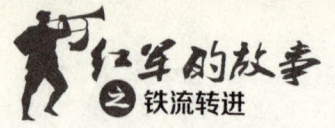

定吧。"说完,毛泽东感到一种前所未有的无奈,转身就走了。

毛泽东再次被解除军职,离开了他亲手创建的红军,从前方调到后方,专做政府工作。

作为中华苏维埃共和国主席的毛泽东,闲居于云山古寺。看似与世无争的生活,却难以使毛泽东的心绪平静,此刻的他,正为前方红军第五次反"围剿"的失利而筹谋出路。

浴血广昌

20世纪30年代初的世界,似乎没有给人留下美好的记忆。1929—1933年的资本主义经济危机,使美国近半数银行倒闭,13万家企业破产,1300万工人失业,一首名为《兄弟,能不能给我一角硬币》的歌唱遍街头巷尾。德国经济萧条,法西斯势力趁机上台,将德国带入战争的深渊,并且经济萧条逐渐向欧洲蔓延。此时的苏联在斯大林模式下一路高歌猛进,实行高度集中的计划经济体制。而30年代初的中国,民族危机日益深重,华北、东北俨然成为日本鲸吞中国领土的受难地;各地军阀混战,苛捐杂税和频繁的战乱使百姓流离失所。

而中国江西南部、福建西北的一大片乡野,在夕阳的余晖里,处处洋溢着丰收的喜悦和对未来美好生活的憧憬。这里便是毛泽东苦心经营多年的中央苏区。中央革命根据地,亦称中央苏区,位于江西南部、福建西部,由赣西南、闽西两块革命根据地合并而成。它是毛泽东、朱德直接领导开辟的、土地革命战争时期全国最大的根据地,也是全国苏维埃运动的中心区域。中央苏区在全盛时期,范围包括江西的瑞金、会昌、寻邬、安远、信丰、雩都、兴国、宁都、广昌、石城、黎川和福建的建宁、泰宁、宁化、

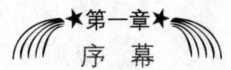

第一章 序幕

清流、归化、新罗、长汀、连城、上杭、永定等21个县城,面积达到5万平方公里,人口达到250万,红军人数近10万。1931年11月,中华苏维埃第一次全国代表大会在江西瑞金召开,成立了中华苏维埃共和国临时中央政府,毛泽东任主席,同时组成中华苏维埃共和国中央革命军事委员会,朱德任主席。

1933年初,博古和临时中央离开上海,辗转来到中央革命根据地首府——江西瑞金,开始了他人生的一个极其重要的新阶段,这也是中央苏区历史上最刻骨铭心的艰难时期。

博古,原名秦邦宪,1907年出生于江苏无锡一个贫困的家庭。1925年加入中国共产党。次年赴莫斯科留学,回国后来到上海,从事宣传工作。1931年10月,王明在离开上海前,报请共产国际同意,商定由博古、张闻天、卢福坦、李竹声、康生、陈云组成中共临时中央政治局,以博古、张闻天、卢福坦为常委,博古为总负责人。年仅24岁的博古,以"初生牛犊不怕虎"的担当挑起了这副重担,在险恶的"白色恐怖"中坚持战斗。

在中央革命根据地,博古担负起领导红军武装斗争的重任,这对他来说是全新的考验。虽然从全国看,中国革命处于低潮,但博古坚信中国革命的高潮必将到来,共产主义必将在中国取得胜利,因此认为党必须采取"进攻路线"。1933年2月16日,博古在中国工农红军学校第四期毕业生党团员及连以上干部党团员大会上作了题为《拥护党的布尔什维克的进攻路线》的政治报告,用一种浪漫的情调宣传所谓"积极进攻路线"。他说:"这个总的进攻路线包括着苏

★博古

7

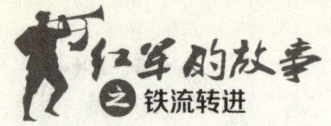

区和非苏区的党用一切力量来夺取群众、组织群众、准备群众、领导群众,在经济和政治的斗争中间,提高他们的革命的积极性和准备他们为着推翻帝国主义国民党在中国的统治而斗争,为着全中国的苏维埃形式之下的革命的工农民主专政而斗争。"在博古看来,英勇的红军在即将结束的第四次反"围剿"中取得的辉煌战果,为"进攻路线"作了最好的注脚。然而不久之后,一场更严峻的考验将直接检验博古的"进攻路线"到底有多少含金量。

1933年9月25日至10月,蒋介石在德国、法国、英国、美国等帝国主义的支持下,调集约100万兵力,采取德国顾问塞克特提出的"堡垒主义"新战略,对革命根据地进行大规模的第五次"围剿",其中,以50万重兵分多路向中央革命根据地气势汹汹地扑来。9月,博古因毫无军事斗争经验,遂把共产国际军事顾问李德请到瑞金,委托李德全权指挥红军。在博古看来,有李德这样的军事专家指导,红军胜券在握,他可以全力抓党的工作了,但他深陷"左"倾教条主义泥潭。

在极"左"路线的指导下,博古把国民党军队的第五次"围剿"看作革命力量与反革命力量的决战,错误地提出了"御敌于国门之外""不让敌人践踏苏区一寸土地"的口号。而李德主张以"阵地战""堡垒战"代替"运动战",恰恰与博古的"进攻路线"不谋而合。在李德的指挥下,红军屡屡受挫,损失惨重,根据地日渐缩小。博古不但不反思李德的错误,反而把红军打败仗的责任归于红军将领指挥不力。黎川失守后,博古在李德的要求下,竟然要把为了保存有生力量而撤退的萧劲光送上军事法庭,最后是毛泽东和其他领导人的坚决反对才使得萧劲光免受牢狱之灾,转做军校教员。

李德认为,对付蒋介石的新战法,红军过去反"围剿"的方式已不适

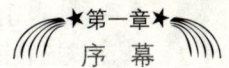

用。他狂妄地说:"游击战争的黄金时代已经过去了,现在是打正规战的时候。"当然,从李德的经历来看,他也不擅长打游击战。共产国际对中国革命形势进行了错误的判断,认为中国的革命需要一个懂得"街垒战"的专家,帮助中国重演俄国革命,搞城市起义。就这样,李德坚持打正规战的想法根深蒂固,坚决反对"积极防御、诱敌深入"的战略方针,反对游击战和带有游击性质的运动战等作战方式,主张以堡垒对堡垒,以阵地对阵地,因而使红军陷入了极其被动的境地。

1933年11月,福建的国民党第十九路军,在蒋光鼐、蔡廷锴领导下,打出"抗日反蒋"的旗帜,公开与蒋介石的南京国民政府决裂,成立了中华共和国人民革命政府,并主动表示愿同红军合作,共同抗日反蒋。按理说,这是中央苏区打破敌人第五次"围剿"的有利时机,毛泽东也极力建议中央红军改变战略方针,趁蒋介石抽调沪宁杭地区兵力围剿第十九路军之机,以红军主力突进到苏浙皖赣地区,直逼国民党统治腹地,危及其经济命脉,来一个"围魏救赵",调动在苏区的国民党军队回援,在广大无堡垒地区寻求有利战机。但"左"倾领导者不听劝告,并拒绝与福建方面领导人合作,共产国际在上海的首席顾问斯特恩称这支军队"只不过是一支军阀部队"。

1934年4月中下旬,蒋介石在镇压了"福建事变"后,腾出手来再次集中力量进攻根据地的北大门——广昌。

广昌,位于闽赣交界的赣东南方向,南连宁都、石城,北通福州,地处几条交通要道交点,距苏区首府瑞金不足70公里,是守卫瑞金的门户,地理位置异常重要。

4月21日,中共中央、中革军委、总政治部下达保卫广昌的命令,指出"我们的战斗任务,是在以全力保卫广昌",并高呼"高举光荣的红旗向

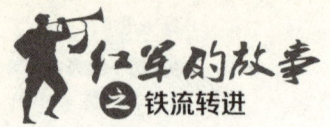

着伟大的胜利前进,胜利万岁!"的口号。广昌城里到处刷着"为着保卫赤色广昌而战,就是为着保卫中国革命而战!""要么胜利,要么死亡!""拒敌于国门之外!""绝不放弃苏区寸土!"等令人振奋的大字标语。

蒋介石要进攻瑞金,就必须先攻下广昌;中共"左"倾领导人要保住苏维埃政权,非守住广昌不可。于是,一场空前残酷的战斗在广昌打响。

虽然遭遇了初期阵地战的失败,但李德对自己的防御理论并没有失去信心。1933年10月开始,中革军委即命令红九军团第三师第七团在广昌构筑工事,进行设防。11月,李德又命令红九军团第十四师移至白舍圩地区,整顿和完成广昌的工事,其间还多次到广昌检查碉堡的大小及设置是否符合他的要求。

而蒋介石此次命令北路军总司令顾祝同调集11个师共计12万人,由陈诚指挥,分东、西两个纵队交替修筑堡垒并向广昌推进。再加上飞机、大炮的支援,对广昌形成立体攻势。面对这样的强敌,硬碰硬无异于"叫花子与龙王比宝",结果显而易见。

被排挤出权力核心的毛泽东,此时仍极力建议博古放弃广昌,甚至可以暂时放弃瑞金,采取诱敌深入的办法,寻机歼敌有生力量。这个策略在第二次、第三次反"围剿"中都获得了成功,事实证明,广昌、瑞金都可以失而复得。然而,李德、博古仍旧抱着孤注一掷的心态,调集中央红军9个师几乎所有的兵力,保卫广昌。

战前,李德来到广昌前线。看着遍布广昌的大大小小的碉堡工事,他不禁信心满满、热血沸腾。他想让毛泽东看看什么才叫真正正规的战争,凭借经历过第一次世界大战和从伏龙芝军事学院习得的军事理论,他认为自己一定能让中国革命走向胜利。

虽然没有明确的情报证明红军更换了主帅,但从第五次"围剿"一开

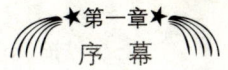

始,陈诚就已发现红军这一次的打法和以前不太一样,好像更热衷于和国民党打硬仗。

陈诚当然喜欢和共产党拼实力了。他对部下说道:"想打正规战和我拼实力,那就打吧!把重炮全都给我推上去,看红军的骨头硬,还是我的炮弹硬!"

决战从4月10日开始。一大早,国民党军的炮弹就像雨点一样向广昌北大门甘竹倾泻。李德自以为坚不可摧的碉堡在敌人的飞机大炮面前瞬间崩塌。

4月13日,敌人对盱江西岸的红九军团第三师阵地实施轮番轰炸,两军尚未正面交锋,红军就已死伤了几百人。

炮火向红军阵地纵深延伸后,敌人以密集的"羊群战术"发起潮水般的冲锋。红军先躲在碉堡里打了一阵排子枪,然后冲了出去。敌人见红军从碉堡中冲出来,为避免短兵相接又缩了回去。然而这时敌人的大炮又派上用场了,红军只好再一次退回碉堡中。敌人没被打死几个,红军反遭不应有的伤亡,这仗打得真让人窝火!而这种打法就是被李德津津乐道的"短促突击"战法。

在这种反反复复的拉锯战中,红军的伤亡不断增加,咸水岩、百子岭阵地先后失守,战斗异常激烈残酷。

自广昌战役打响后,红军前线指挥部常常得到这样的报告:有些连队早上进入阵地时是100多人,到晚上就只剩下20多人;弹药也越来越少,敌人冲到眼前了,红军指战员就只能与敌人拼刺刀,有的刺刀拼弯了,就踩直了继续战斗……

4月19日,在控制了甘竹及其附近地区后,国民党军队开始向广昌实施第二期进攻。

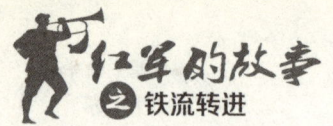

红军以红五军团第十三师会同红三军团第六师为右翼,继续坚守阵地,并从右翼向敌人进行反击;红三军团擅长防御战,主力为中央队,向大罗山及其以北地区之敌反击;红一军团为左翼,向大罗山以南六子岭、锅铁坑之敌反击。

时任红三军团政治委员的杨尚昆在回忆录中讲述了广昌战役的艰苦:"19日,他们又强行攻占三军团在河东的主阵地。20日,攻占饶家堡阵地。当晚,我随彭总率第四、第五两师,准备利用夜黑夺回饶家堡阵地。由于阴雨连绵,射击困难,改用白刃格斗。在震撼山谷的喊杀声中,饶家堡阵地六次易手。到了天明,我们只得撤出阵地,且战且退。"

红军在数次与敌人争夺阵地中,虽有小胜,杀敌俘敌若干,但血肉之躯终不敌飞机大炮掩护下的滚滚铁流,只能一再退守防线。恰在此时,博古、李德来到广昌前线头陂镇,见此情形,他们不但不知悔悟,反怪部下无能,大搞"惩办主义"。

★杨尚昆

4月21日,他们在到达前线的第二天,即以中共中央委员会博古、中革军委主席朱德、红军总政治部代主任顾作霖的名义,下达了《中央、军委、总政保卫广昌之政治命令》,要部队坚决执行李德的"堡垒主义"和"短促突击"战术,坚决执行李德的命令。《战斗报》和《红色中华》依旧高喊着"胜利或者死亡!""人在广昌在,誓死保卫广昌!"等口号。

然而,再高亢的口号也不能阻止国民党军攻占广昌的脚步,只能白白葬送红军战士们的生命。4月23日,国民党军在相继攻占了大罗山、连福峰、饶家堡、云际寨、长生桥等阵地,完成了第二期进攻计划后,步步逼近广昌城。

4月24日,国民党军向广昌以北的红军最后一道防线发起了猛攻。彭德怀实在不能容忍李德如此无视红军指战员的生命,不顾李德、博古对他的指责,冲着李德大喊:

"广昌不能守了,只能放弃!"

"广昌既无坚城可守,我军子弹又很少,仅靠土木构筑的工事,是根本经不起敌人飞机、重炮轰击的。如果固守广昌,少则两天,多则三天,三军团一万二千人,将全部毁灭,广昌也就失守了!"

但李德说有那么多永久性的堡垒,让博古放心。同时,他也警告彭德怀不要学萧劲光,命令彭德怀还是回去组织守城。最后,彭德怀见无法改变李德、博古的决策,只好建议灵活防守:"派一个营在工事内坚守,吸引敌人进攻,主力在城西南隐蔽集结,控制制高点,趁敌人攻击我阵地时,从侧后发起突然袭击,争取消灭部分敌人。"博古、李德勉强同意。

4月27日是战斗最激烈的一天,国民党军集中了10个师的兵力,在空军和炮兵的配合下,沿盱江两岸,会攻广昌。血战一天的结果是,广昌处于敌人东、北、西三面包围之中,最近处敌人距广昌仅4公里。而红军伤亡惨重:担任广昌支点地域守备队的红九军团第十四师被打没了,幸存人员补

★张宗逊(左)和彭德怀(右)

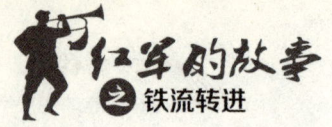

充到红三师,第十四师师长张宗逊被调入红军大学学习,红九军团实际上只剩1个师的兵力;红三军团一天之内伤亡高达1000余人,而在李德所谓"永久"工事里担任守备任务的加强营官兵全部牺牲……

眼看着成班成排的战士英勇悲壮地倒下去,彭德怀再也忍不住胸中的怒火,他痛骂李德:"崽卖爷田心不痛!"

李德在听了杨尚昆做出的准确翻译之后,咆哮着大骂彭德怀"封建!封建!",说彭德怀是右倾。彭德怀也做好了被撤职、审讯、判刑,甚至枪毙的准备,但李德毕竟在广昌打了败仗,也没了傲气自大的资本,这事也就不了了之。

面对无法改变的败局,博古、李德于4月27日19时给在瑞金的周恩来发出电报,建议撤离广昌,周恩来随即复电,同意撤离。

4月28日凌晨1时30分,红三军团除留下一个营在广昌北面支点延缓敌人进军,另一个营担任掩护外,全军撤离广昌。随即,广昌落入敌手。

就这样,从4月10日至28日,广昌战役历时18天,在红军付出了惨痛的代价、伤亡5500人后,以失败告终,而国民党军伤亡人数还不到红军的一半。

广昌失守,使中央根据地北面的门户洞开,红军与国民党军回旋的余地越来越小,此时再想赢得第五次反"围剿"的胜利,使战局来一个180度的大反转,比登天还难。此时的李德又作何感想呢?

第一章
序 幕

行色匆匆

面对红军在第五次反"围剿"斗争中的接连失利,博古头脑中的一个惊人的想法渐渐地清晰起来。回到瑞金后,博古、李德、周恩来、刘英、毛泽民等人逐渐忙碌起来,行色匆匆。

国民党军队攻占广昌之后,继续向根据地腹地步步逼近。此时,红军想打破国民党军队的"围剿"已经没有可能。1934年5月,博古主持召开书记处会议,决定实行战略转移,并请示共产国际。不久,共产国际复电,批准了临时中央的这一决定。共产国际认为,中央苏区的革命力量"并未枯竭",红军不要"惊慌失措"。党内也有一些同志主张红军打到外线去,把国民党军队从苏区吸引走,在运动中歼灭敌人,再伺机返回中央苏区。但博古、李德并没有准确理解共产国际的指示精神,也没有将其结合中国具体情况再作出正确的判断和决策,认为进行战略转移是唯一选择,于是加紧了战略转移的各项准备工作。

博古战略转移的决策是否正确?把各方面情况综合起来看,这一决策还是正确的,是势之所趋,因为红军在南方长期发展的条件正逐渐丧失。

毛泽东在1928年发表的《中国的红色政权为什么能够存在?》一文中,深刻分析了中国的红色政权能够在南方存在的五条原因。其中,第一条就是"它的发生不能在任何帝国主义的国家,也不能在任何帝国主义直接统治的殖民地,必然是在帝国主义间接统治的经济落后的半殖民地的中国。因为这种奇怪现象必定伴着另外一件奇怪现象,那就是白色政权之间的战争","因为有了白色政权间的长期的分裂和战争,便给了一种条件,使一

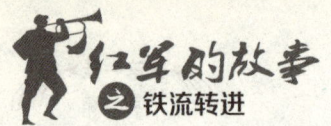

小块或若干小块的共产党领导的红色区域，能够在四围白色政权包围的中间发生和坚持下来。湘赣边界的割据，就是这许多小块中间的一小块"。另外，第三条中提到"小地方民众政权之能否长期地存在，则决定于全国革命形势是否向前发展这一个条件。全国革命形势是向前发展的，则小块红色区域的长期存在，不但没有疑义，而且必然地要作为取得全国政权的许多力量中间的一个力量。全国革命形势若不是继续地向前发展，而有一个比较长期的停顿，则小块红色区域的长期存在是不可能的。现在中国革命形势是跟着国内买办豪绅阶级和国际资产阶级的继续的分裂和战争，而继续地向前发展的。所以，不但小块红色区域的长期存在没有疑义，而且这些红色区域将继续发展，日渐接近于全国政权的取得"。

根据毛泽东的论述，再考察红军长征之前的形势，就可以判断出红军向陕北革命根据地转移是有其必然性的。那么当时中国又是怎样的形势呢？

1928年12月29日，统治中国东北的奉系军阀将领张学良通电全国，宣布从即日起遵守"三民主义"，服从国民政府。张学良"东北易帜"，标志着国民政府完成了形式上的统一。1930年，蒋介石在中原大战中取得了胜利，国民党任何一派军阀，都难以与蒋介石的势力抗衡，国民党派系混战局面基本结束，蒋介石集团取得了绝对的优势地位。1932年初，蒋介石担任国民政府军事委员会委员长，独掌国民党军事大权，极力推行"攘外必先安内"方针，集中全部的人力、物力、财力，企图一举消灭红军。南方是英美帝国主义长期经营的地区，国民党在这一地区拥有强大的政治、经济和军事力量。如果采取正确的战略战术，红军虽然很有可能打破国民党军队的第五次"围剿"，但从发展趋势看，在国民党结束军阀混战、中国革命处于低潮的形势下，红军在国民党及英美帝国主义势力的战略重心所

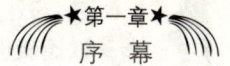

在的南方地区长期发展将是十分困难的。因此，革命力量实行战略转移是最好的战略选择，保存红军有生力量、开拓和发展新的战略空间是中国革命由失败向胜利发展的新起点。

虽然是迫于无奈，但能果断决策进行战略转移，跨出了复兴中国革命的第一步，并且组织一次规模巨大、风险极高的战略转移，这对年轻的博古来说，也属不易！

在相当长的时期里，中央革命军事委员会是红军最重要的领导机构，在此后的长征中，几乎所有的重大决策都是以中革军委的名义作出的。在广昌战役前后，为快速高效决策军事行动，秘密筹备转移工作，中共中央书记处决定，在中革军委之上成立"三人团"。在博古的支持下，李德排斥了朱德、王稼祥、刘伯承等红军领导参与军事决策的权利，自己包揽了军委的一切职能。凡有重大军事行动，均由博古和李德做出决策，再由军委副主席周恩来以中革军委的名义签发电文并督促实施。此时，中革军委的集体领导原则已经名存实亡。

虽然战略转移的想法经过中央政治局讨论，但最终作出转移决定的，还是最高"三人团"。毛泽东及其他红军高级将领都是在临出发前的几天才得到确切的通知，但细心的人还是从很多的工作细节中发现了一些转移的端倪。

首先开始的就是大规模扩红，恢复并壮大红军力量。1934年夏天，扩红突击队队长刘英非常忙碌，她的任务是在3个月内动员2200名青年农民参军，但是这个有着丰富政治工作经验的红军战士努力了半个月，才说服了大约50名青年参军。到了9月，这个工作显得更加难做。苏区可动员的人力资源已越来越少，因为自1933年以来，已有17万青年参加了红军，这就意味着苏区内不分男女老幼，平均每15个人当中就有1个人加入红

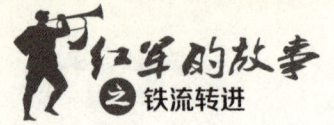

军。而时隔一年,再次大规模扩红实属不易。

为了鼓励青年参军,苏区给带头参军的家庭以丰厚的物质奖励,包括当时在苏区十分珍贵的大米、火柴和盐巴,有人参军的家庭可以免税收,还有人无偿帮助春耕和秋收。在扩红人员的努力下,长冈乡的407名青年中有320人参加了红军,而瑞金一个县参加红军的青年就有5万之多。但不得不说的是,这些刚刚参加红军的青年农民还没有熟练掌握枪械,就不得不在长征途中与敌人真刀真枪地打仗,很多人在不久后的残酷战斗中牺牲了。即使这样,在共产党领导下打土豪、分田地,当家做主人,还是让他们宁愿去打仗也不愿回到过去被压迫的黑暗日子。

其次,转移的准备工作重点放在物资准备上。在大规模军事转移之前,李德匆忙的身影在苏区随处可见。他视察通讯厂、被服厂、兵工厂、织布厂,检查工作进度和物资准备情况。7月,红军向老百姓征集军粮,虽然已经超出了往年应缴的份额,但老百姓们仍热情地把粮食一担担地挑进红军的粮库,最后共收集粮食24万担,够全军官兵10天的口粮,更多的军粮则不便于携带。同时号召农家妇女为战士们编草鞋,红军干部要她们把草鞋底编得厚厚的,这似乎也暗示着红军战士们将有很长的一段路要走。

此前,担任苏区国家银行行长的毛泽民带人把从地主、土豪那里没收来的大批金锭、银锭、银圆及各种贵重物品隐藏在瑞金附近的山洞里。毛泽东的警卫员吴吉清回忆:直到1934年春天,他再一次协助毛泽民把这批财宝从山洞中抬出,运回瑞金,长征开始后,这些金银钞票就被分发给红军战士,一来可以减小目标,二来他们在转移途中可以有钱自己买些东西。

此外,中共中央还做了一些舆论准备。1934年9月29日,张闻天以中华苏维埃共和国中央政府人民委员会主席的身份在中央政府机关报《红色中华》上发表了题为《一切为了保卫苏维埃》的文章,一改此前"决不放

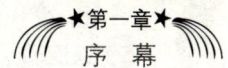

弃苏区的一寸土地"的口号,提出"为了保卫苏区,粉碎第五次'围剿',我们在苏区内求得同敌人的主力决战,然而为了同样的目的,我们分出我们主力的一部分深入到敌人的远后方,在那里发动广大的群众斗争,开展游击战争,解除敌人的武装,创建红军主力与新苏区,以吸引敌人力量到自己的方面而歼灭之"。当然,这篇文章并不是张闻天代表自己说话,而是最高"三人团"的意图。这是第一个公开的信号,高级领导干部们从这里得到了些许准备突围转移的信号。

10月的一天,阳光明媚。一大早,瑞金医院里的人们就进进出出忙个不停。被嘈杂声吵醒的陈毅忙喊住一个护士,用四川话问道:"这是干啥子哟?"

护士轻声说:"首长,我不知道!"

陈毅是8月23日在兴国前线负的伤,住进医院后却没有得到及时有效的治疗。此时,恰好赶上周恩来来医院探望他。

周恩来关心地问:"伤口怎么样?"

陈毅回答说伤势没有好转,医生还没有把所有碎骨片取出来。他一直要求拍一次X光片,但由于X光机已经打包准备转移,所以一直没有得到有效治疗。听到这样的情况,周恩来马上联系有关负责人重新打开机器,调用汽油发电机,专门给陈毅拍了片子,又做了手术。

但随后周恩来带来的消息并不令人愉快:中央委员会(主要是最高"三人团")决定红军主力几天后撤离,突破蒋介石的"围剿",向西转移,建立新的根据地。更令陈毅感到失望的是,中央决定让他留下来在苏区指挥军事行动。这就意味着陈毅将率领不到3万人的部队对抗国民党几十万大军的"围剿",而3万人中至少有1万人是伤员,根本不能参加战斗。即使陈毅心里并不情愿留下来,也十分清楚他的去留和政治斗争有关,但他

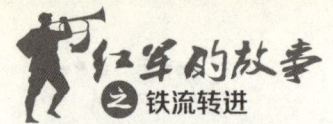

★林伯渠

仍然服从了中央的命令。因为他知道,没有任何其他指挥员比他更熟悉这片土地。

同陈毅一样,党的其他高层干部的"走留",也是由最高"三人团"决定的。留下来坚持斗争的领导机关被称为"中央分局",委员有项英、陈毅、贺昌、瞿秋白、陈潭秋,后来由于工作需要,又增加了何叔衡、刘伯坚、毛泽覃、古柏等人,这个名单虽经几番修改,但确定下来后依旧令人百感交集。

在即将转移的日子里,人们虽然行色匆匆地忙于准备工作,但昔日战友情深,离愁别绪涌上心头,整个苏区充满了浓浓的忧伤、苦闷与惜别的氛围。留守苏区的何叔衡在云石山梅坑驻地,特备下清酒、花生,约请老友林伯渠彻夜长谈。此时已是深秋,天气寒冷,何叔衡脱下自己身上的毛衣赠给林伯渠。林伯渠心情沉重,感慨万千,即席挥毫写下一首诗《别梅坑》:

共同事业尚艰辛,清酒盈樽喜对倾。
敢为叶坪弄政法,欣然沙坝搞财经。
去留心绪都嫌重,风雨荒鸡盼早鸣。
赠我绨袍无限意,殷勤握手别梅坑。

血浸东南

战略转移的决策既已作出,准备工作也在秘密进行,但还有一系列的

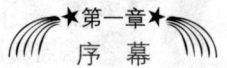

问题困扰着博古和李德：接下来，苏区怎样才能摆脱覆灭的厄运？就算转移，部队又该往哪里走？哪里才是十万红军的安身之所？哪里才能再造一个中央苏区？此时，寻求生路成为核心决策者们最难解决的问题。

李德在广昌战役失败之后，变得抑郁而易怒，也不再摆出一副高高在上的架势了。他怎么也想不通，英勇的红军为何无法阻挡敌人的进攻。难道是他的战术有问题？如何面对红军将士的质疑？现在又该怎么办？……一连串的问题让他焦头烂额，夜不能寐。

突然他想到一个办法：调兵减压。既然敌人能打到苏区来，为何红军不能插到蒋介石的老巢去？于是，他假想派一支部队向闽、浙、赣、皖等省出动，以小部兵力冒充主力佯动来迷惑敌人，这样不仅可以分散敌人"围剿"苏区的兵力，而且还可能建立更大的根据地。李德管这一计策叫作"调兵减压"。很快，这一想法在中革军委最高军事会议上，得到博古、周恩来的赞同。

担负这一战略任务，吸引并分散国民党军"围剿"兵力的第一支部队是红七军团。1934年7月初，红七军团在军团长寻淮洲的率领下，奉命由福建连城地区匆匆赶回瑞金。当时全军团官兵只知道要受领一项新的任务，虽然具体情况无人知晓，但他们不畏惧强敌，更渴望战斗。

寻淮洲，湖南浏阳人，参加过秋收起义，于1928年加入中国共产党，在历次战斗中，英勇顽强、机智勇敢、屡立战功，18岁便担任红十二军第三十五师师长，之后相继担任红四军第十三师师长，红十五军第四十五师师长，红一军团第三十一师、第二十一师师长，红三军团第五师师长，红七军团军团长，是一位经验丰富的指挥员。

红七军团的领导人还有政治委员乐少华、参谋长粟裕、政治部主任刘英等人。此外，李德还决定派曾洪易为中央代表随军行动，并指出当联络长期中断时,则由中央代表与军团长、政委三人组成红七军团的军委,统一领导党政军工作。这一安排是李德有意为之,他认为,只有留学过苏联的人才会指挥作战,才能让他放心。所以由他信任的乐少华担任政委,曾洪易当中央代表。而这一安排恰恰断送了这支红军的生路。

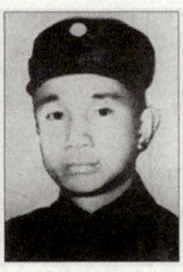

★红七军团领导人。左起:寻淮洲、乐少华、粟裕、刘英

红七军团是共产党在中央苏区组建的一支部队,自组建之日起就一直在苏区东线与"围剿"苏区的国民党军队周旋。在险象环生的保卫苏区的战斗中,红七军团积累了丰富的游击战经验,英勇顽强,善于野战。1934年7月,中革军委命令红七军团率先冲出包围,向北突围,因为此时安徽南部有几个县发生了武装暴动,中革军委希望让红七军团接应安徽暴动武装,壮大红军力量。红七军团出发时,中革军委特别发表了《为中国工农红军北上抗日宣言》,因此,这支红军被改编为"中国工农红军北上抗日先遣队",既负有战斗任务,又负有宣传任务。中革军委希望借助抗日的旗号聚集更多的队伍。

由于连续反"围剿"斗争减员严重,红七军团出发前紧急补充了2000名新兵,使部队的人数达到了6000人,但其中战斗人员仅占总人数的2/3。1934年7月6日晚上,这支年轻的队伍,在寻淮洲的带领下趁着黑夜从瑞金出发了。几天后,他们在友军的掩护下,渡过闽江上游走出苏区,冲出

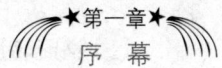

★中国工农红军北上抗日先遣队纪念馆

了国民党军的包围圈,但也进入了危机四伏的国民党统治区。

按照计划,红七军团应该直接向北,进入浙江西部,但此刻中革军委突然发来电报,命令他们改变方向,目标是东部的福州。红七军团并不明白此举的目的,但必须执行命令。8月1日晚,他们冲破国民党军4个营的阻击,占领了闽江边的水口镇,并把这里作为攻打福州的前哨阵地。在水口,红七军团召开了"八一纪念大会",作了攻打福州的战斗动员。虽然现在看来,这个攻城命令是"左"倾教条主义的产物,但官兵们群情激昂、摩拳擦掌,对这场战斗非常期待。这不仅是因为福州是江西、福建一带的大城市,物资丰富,可以提供红军官兵急需的补给,更关键的是,他们听说攻打福州时,城内共产党的地下组织将发动大规模的武装暴动,响应他们的攻城行动。

福州，别称榕城，历史悠久，建于公元前202年，历史上长期作为福建的政治文化中心，这也使福州有着坚固的城防。当时，城内外驻扎着国民党军第八十七师的1个团和1个宪兵团，还有炮兵、工兵和海军陆战队。此外还有重兵把守城市周边交通要道，使得福州固若金汤。

与此同时，国民党也了解到有一支从苏区突围出来的红军部队将要攻打福州，因此，派了援军日夜兼程赶往福州。国共双方的军队几乎同时抵达，战斗随即打响。

红军这一边，攻城部队只有4000余人，装备方面更不能奢望有大火力武器，连老式步枪也不能保证人手一支。面对高耸的城墙，年轻的红军战士虽然手拿大刀梭镖，却无所畏惧，冒着枪林弹雨，呐喊着发起一次又一次的冲锋，拼死向城门接近。但由于武器装备落后，实力悬殊，攻城成为徒劳，无数刚刚参军的青年农民还没有经历胜利就在机枪扫射下悲壮地倒下，至死也未看到城门有任何打开的迹象。

为避免更大的伤亡，红七军团果断放弃攻城，迅速撤离阵地。但这场战斗导致的严重后果并不仅是官兵伤亡。在战斗中，红七军团彻底暴露了实力，国民党很快意识到，这支从苏区突围出来的红军只不过是力量单薄的小股部队。于是，接下来的情形更加悲壮。

9月初，红七军团到达闽北苏区。一路上，数百名挑夫失散，兵力也损失近半数。闽北苏区并不大，但这里属于武夷山地区，树林茂密、物产丰富，很适合藏身打游击，开辟扩大根据地。然而，红七军团的官兵们刚吃上几顿饱饭，中革军委突然发来电报，严厉地批评说红七军团不应该在闽北地区停留下来，这是"迎合了敌人的企图"，并命令他们继续执行北上前往安徽南部的任务，接应两个多月前在那里爆发的武装暴动。但实际上，中革军委的决策者们早在红七军团离开瑞金不久就已得到确切消息，安徽

第一章 序幕

的暴动已经失败。

红七军团遵照中革军委的命令,转移出闽北苏区,冲破两道封锁线后进入了闽浙赣苏区。10月,红七军团在江西重溪与共产党员方志敏、刘畴西所领导的红十军会合,成立了中国工农红军第十军团,原来的红七军团改编为红十军团第十九师,继续北上。由方志敏任中国工农红军抗日先遣队军政委员会主席,统一领导闽浙皖赣边区党的组织和革命武装。

12月,红十九师在师长寻淮洲、政委聂洪钧的带领下,攻占旌德县城,打开监狱释放"政治犯"及无辜群众68名,挺进庙首,召开群众大会,宣传我党的抗日主张。但不久,红十九师于12月14日在安徽黄山谭家桥地区遭遇强敌战败,退回江西境内。

1935年1月15日,北上抗日先遣队到达德兴港时遭国民党第四十九师4个营进攻,被截成两段。方志敏与刘英、粟裕所率领的先头部队800余人冲破封锁线进入化婺德苏区德兴陈家湾村。1月17日,先头部队在陈家湾等待一天,未见主力到来,方志敏见军情紧急,决定留在陈家湾等待,让负伤的粟裕同刘英等率部队先走。粟裕、刘英奉命率部于当天晚上冲破封锁线进入德兴苏区大小坪、黄石田。方志敏、刘畴西等红军将领被俘后,经历无数次严刑拷打、威逼利诱仍岿然不动,后在南昌被秘密杀害。

此后,粟裕率领红十军团幸存的500多人,同红三十师1个团组成挺进师,在浙西南开展了艰苦卓绝的3年游击战争。直到1937年国共实现第二次合作,

★刘畴西(左)、方志敏(中)和王如痴(右)

他们才下山改编为新四军第二支队,投入到抗日战争最前线。

湘西星火

1987年一个平常的午后,在英国曼彻斯特的一栋老式别墅里,90岁的鲁道夫·勃沙特正颤抖着打开一封漂洋过海从中国寄来的信。写信的人是中国人民解放军高级将领萧克。

萧克在信中深情地说:"虽然我们已分别半个世纪,但50年前你帮我们翻译地图的事久难忘怀……"

勃沙特与萧克的缘分,还要从红六军团率先转移说起。

1934年夏,中央苏区红军第五次反"围剿"失利,形势日趋严重。为了吸引和调动国民党军,减轻中央苏区的压力,中革军委在派出红七军团向闽浙赣开进的同时,命令红六军团撤离湘赣苏区到湖南中部开展游击战争,同红三军取得联系,为中央红军的战略转移探路。

1934年8月7日,在仓促的准备之后,红六军团第十七师、第十八师和红军学校共9700余人在任弼时、萧克、王震的领导下从遂川横石和新江口地区出发。在连续突破国民党3道封锁线后,到达了第一个集结地——桂东县以南的寨前圩。在这里,他们建立起正式的指挥系统:军团长萧克,军团政治委员王震,军团军政委员会主席任弼时,下辖第十七师和第十八师。

很快,国民党西路军总司令何键发现红六军团突围后,立即调兵围追堵截,使红六

★萧克

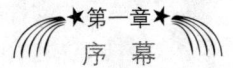

军团在下一个进军方向突围更加困难。8月23日,红六军团到达湘江东岸,发现这里已经布满严阵以待的敌人,于是迅速改变计划,掉头往回走,进入了广东与湖南交界的阳明山中。几天后他们再次突围,先是向北,绕过敌人侧翼,而后向南,再折向西,再一次接近了湘江。9月4日,红六军团趁夜击退湖南国民党军和广西国民党军8个团的进攻,在界首撕开了一条口子,渡过湘江。

此时,中革军委的电报再次到达,要求红六军团在广西和湖南交界处的武冈山坚持到9月20日,然后向北与转战于湘西的红三军取得联系。

按照中革军委命令向北突围时,红六军团在湖南、广西、贵州三省交界处遭遇湘军2个旅的猛烈阻击,而后陷入桂军、黔军自南向北的包围圈中。在经历数次的突围并以牺牲2个团为代价杀出一条血路后,军团指挥员发现,在所有企图消灭红军的国民党军队中,黔军的战斗力是最弱的,是红六军团冲出包围圈的唯一可能。于是,红军在击溃黔军的阻击后进入贵州,占领了贵州东北部的一个小城——旧州,在这里得到了必要的休整和补给,并意外地获得了一张一米见方的法文地图。这虽然不是中文地图,但也足以令指挥员萧克十分惊喜,相比以往从中学课本上撕下的一张简单地图来说,这真是太珍贵了。而开篇我们提到的那位叫鲁道夫·勃沙特的外国人也就是在此时帮了萧克一个大忙。

那时,鲁道夫·勃沙特是一名英国传教士,自1922年来到中国后,已经在贵州的偏僻山区待了12年,他还有个令我们熟知的中国名字叫薄复礼。

薄复礼是在参加完祈祷后返回的路上,与红六军团相遇的。红军虽然对薄复礼在中国的活动抱有怀疑的态度,但仍礼遇有加,给他提供了红军力所能及的优越条件,希望这个外国人能有自己的秘密渠道帮忙筹集到银

★鲁道夫·勃沙特（即薄复礼）

圆、枪支和药品。但薄复礼显然无法做到，他更担心自己会丢掉性命。

面对宝贵但又看不懂的法文地图，萧克突然想到请出生于瑞士的薄复礼帮忙解燃眉之急。在方桌前，在豆大的洋蜡烛的烛光下，萧克小心地摊开地图，用手指着一个个法文地名，薄复礼按照他的指点，操着生硬的中国话，把地图上重要的山脉、乡村、河流的中文名字一一翻译出来，两个人边讲边比画，一直忙到下半夜。后来，就是靠这张地图，萧克和王震找到了与红三军会合的方向。薄复礼当时并不了解翻译这张地图对于红军的意义，但萧克对在当时的艰险环境下得到如此的帮助久久难以忘怀。

此后，薄复礼跟随中国工农红军度过了他一生中难忘的一年半时光，成为红军长征队伍中一名特殊的成员。在亲身体会到红军战士为实现理想而不怕流血牺牲的献身精神后，他曾多次写信到上海、南京等地为红军采购药品，筹集经费。回英国后，他整理并出版了回忆录《长征目击记》(又名《抑制的手》)，向世界人民宣传红军长征，赞扬红军的英勇善战、纪律严明，高度评价红军一往无前的大无畏精神。

红六军团短暂占领旧州后，渡过乌江，准备按照中革军委的命令，掉头向东北方向的石阡一带前进，与在贵州、湖南交界处的红三军会合。然而，国民党察觉了红六军团的行动意图，并调集中央军、黔军、桂军和湘军合围红六军团。

10月7日，红六军团从乌江边出发，在毫无察觉的情况下，渐渐走进

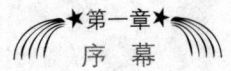

敌人的包围圈。前卫营营长周仁杰带领部队率先进入甘溪镇,正在警惕地侦察地形和敌情时,突然发现3个穿黄军装的桂军侦察兵,于是很快将其俘虏。周仁杰惊讶地得知桂军第十九师的先头部队已经接近甘溪镇北面的山脊了,而此时红六军团正在距离甘溪镇南面仅十几公里的土道上行军,这就意味着两三个小时后,将会发生一场恶战。

中午12时,枪声在静谧的乡村响起。

在得知敌情后,前卫营在周仁杰的指挥下,率先展开战斗队形,但红六军团的大部队却未来得及做战斗准备。这种情况在以往红军经历的历次战斗中很少出现,因为红军的情报一向准确,无线电技术人员都受训于苏联,破译情报的技术水平远高于国民党军。虽然在历次反"围剿"斗争中,红军的武器装备、兵力配置都处于劣势,但总能在第一时间获悉敌军的兵力调动情况,有时甚至早于接受命令的国民党军队,所以能抢在敌人前头进行突袭,或穿插于敌人之间包抄迂回。然而这一次,红六军团在甘溪镇的遭遇,却输在了情报上。

红六军团指挥机关突然发现敌人就在眼前时,已经来不及给部队下达明确的作战命令了。在先头部队第五十一团的阻击方向上,桂军大部已冲进甘溪镇,并在城南青龙嘴高地与红军展开激烈的争夺战。桂军火力猛烈,红六军团被迫作出全面撤退的决定。红六军团参谋长李达带领1个机枪连和第四十九团、第五十一团的2个团部向东南方向撤退。任弼时、萧克、王震带领军团机关和部分官兵迅速离开土道向山谷密林冲击。红军第四十九团和第五十团为保证军团机关安全撤离,也在正面顽强阻击敌人,终于在敌人包围圈的南面撕开一道裂缝,但没过多久,由于缺乏有效的组织和对地形的了解,在一个叫羊东坳的狭窄山涧里被敌人攻击,伤亡殆尽。到第二天战斗结束时,当地400多个农民用了整整一天时间,才把山涧里

的红军尸体全部掩埋。

10月7日傍晚,最先侦察到敌情的前卫营在付出惨痛代价后,终于接到了撤退的命令。营长周仁杰知道前面的路可能更艰险,而众多的重伤员无法随部队转移,更来不及隐藏在老乡家里,无奈之下只好含着眼泪把重伤的战友集中安置在镇东南的草丛中,然后与他们挥手告别。可是,这次告别显然成了永别!红军伤员大部分被搜山的敌人就地杀害,少数还能动的就自己爬到悬崖边滚了下去。

甘溪之战不是一场血战,而是一场屠戮!红六军团幸存的部队也被打散,消失在湘桂黔边界的高山密林间。

在中国西南部的大山中很难找到能给红军带路的百姓,这里人迹罕至、信息闭塞,偶尔有山民出现,也可能害怕红军或操着红军听不懂的土话。红六军团的官兵们在没有食物、没有药品、没有向导、没有弹药的情况下辗转于深山密林间,与国民党追兵周旋苦战。红六军团军政委员会主席任弼时感染了疟疾,高烧不退,4个战士用担架轮流抬着他翻山越岭,但很快就因为负伤、疾病和死亡只剩下1个战士了,他把任弼时背在身上,完成了一次次艰险的跋涉,最终于10月18日,在甘溪镇东面的马厂坪找到敌人包围圈的缺口,突出重围。

10月24日,在石阡以南的马家坪,红六军团主力部队4000人终于突破国民党军的封锁线,陆续到达贵州省印江县,同红三军会师,在付出巨大代价后,用两个半月的时间完成了转移任务。

相比之下,红三军的转移则更加曲折而漫长。

1932年6月,蒋介石担任鄂豫皖三省"剿匪"总司令,调集50万兵力,组成左、中、右三路军,分别对鄂豫皖、湘鄂西进行第四次"围剿"。其中,以左路军10万人担任对湘鄂西苏区的"围剿"任务。

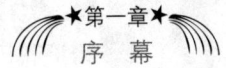

遵照中共临时中央的指示，中共湘鄂西中央分局决定以进攻战略打破国民党的"围剿"，命令红三军主力在襄河以北的京山、应城、皂市地区寻求作战。7月15日，国民党军进攻襄北，开始了对湘鄂西苏区的第四次"围剿"。在强敌压迫下，红三军被迫撤出襄北地区。8月上旬，国民党实施第二步"围剿"计划，进攻洪湖苏区中心区。这时，中共湘鄂西中央分局的"左"倾领导者由冒险进攻转为消极防御，决定由夏曦指挥红七师、警卫师和地方部队，在苏区内构筑碉堡固守；贺龙、关向应率领红三军主力深入敌后，牵制敌人。虽然苏区军民对国民党的进攻进行了顽强抵抗和局部反击，但大都失利，损失严重。到9月中旬，洪湖苏区的大部分地域被国民党军占领。夏曦率红七师等部队被迫突围，于10月上旬在襄北大洪山与红三军主力会合。在此前后，由于自身力量弱小以及王明"左"倾教条主义对大批革命干部群众的迫害，湘鄂边、巴兴归、襄枣宜等苏区的反"围剿"斗争相继失败。

10月下旬，湘鄂西中央分局决定放弃洪湖苏区。之后，红三军绕道豫西南、陕西、川东，翻越桐柏山、伏牛山，击退一路尾随的国民党军第一〇三旅，进入陕西南部。而后，折返鄂陕边界国民党军兵力薄弱地区，一路向南渡过汉水，翻越大巴山进入四川，沿鄂川边界南下，抢渡长江，攻克巴东，于12月底到达湘鄂边鹤峰地区。两个月间，行程3500公里，并不断遭到国民党军和地主武装的追击和拦截，在豫西南、陕南、鄂陕边界都留下了与敌人战斗的身影，但也付出了沉重的代价，部队由出发时的1.4万人减至9000人。此时，四川军阀内讧，红三军乘机攻占了鹤峰和桑植。1933年4月至7月，红三军在鹤峰、建始、巴东、宣恩四县边界地区活动，打算建立以鹤峰为中心的苏区，但是计划未能实现，红三军于1933年底进入四川，攻占黔江。

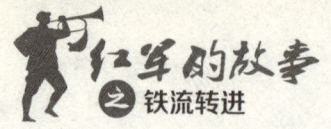

1934年4月,红三军在酉阳、秀山、黔江、彭水游击,威震川黔边境,并得到了一个比较安定的环境,进行了必要的补充和修整。长期的游击战斗,使得红三军缺粮少弹,战士们衣不蔽体、食不果腹,伤员越来越多,斗争环境十分艰苦。红三军离川入黔时,人员已不足3000人。

1934年5月,红三军渡过乌江,进入贵州东部。此时,经历了失败、转移、游击等困境考验后,作为王明"左"倾教条主义在湘鄂西苏区的代表的夏曦,对于走向胜利已经感到缺乏信心,丧失了战斗意志,陷入逃跑主义的困境。此时,红三军的领导重心实际上已经倾向军长贺龙和政委关向应。6月19日,中央分局在枫香溪举行会议,初步批判了夏曦的"左"倾错误,决定在黔东创建新的苏维埃政权。

此后,在贺龙的领导下,红三军士气大振,进军顺利,在不到两个月的时间里,沿河、酉阳、德江、印江等县的区(乡)苏维埃政权相继建立。7月21日,成立了黔东特区革命委员会。到9月,黔东苏区已经拥有5个县,纵横200里,人口近10万。在黔东的立足不仅结束了红三军的流动状态,而且为红三军以后同红六军团的会师创造了有利条件。

1934年10月两军会师后,红三军恢复红二军团番号,贺龙任军团长,任弼时任政治委员,两个军团共8000余人。此后,他们转战于湘鄂川黔地区,并在永顺、保靖、大庸、桑植等县创立了革命政权和地方武装,到1935年1月,初步建成了湘鄂川黔苏区,给国民党军队"围剿"红军又增加了一定的压力,有力地策应和支援了主力红军的战略转移。

拓展阅读

粟裕（1907—1984），湖南会同人。1926年参加革命。参加了南昌起义和湘南起义。曾任红十军团参谋长，闽浙军区司令员，坚持了南方三年游击战争。后任第三野战军副司令员，总参谋长，国防部副部长，军事科学院副院长、第一政委，中央军委常委，全国人大副委员长。1955年被授予大将军衔。

以下为粟裕所著。

为官陡门战斗胜利题诗

新四军，胆气豪。不畏艰苦与疲劳。

七十里之遥，雪夜奔袭芜湖郊。伪军无处逃。

伤毙满沟，活捉四十余，步枪四五十条，机枪三挺，驳壳十余条。

还有大刀，日伪军旗、脚踏车、大衣与皮袍。

军用品，用箩挑。汉奸远逃，敌伪心愁，

广大人民兴高，同声咒骂汉奸罪不可饶！

沁园春·定鼎中原

逐鹿中原，利弊权衡，攻城打援。首战汴梁捷，再歼区部，黄邱

惊魂，过隘翻山。序幕揭开，名泉奔涌，布阵排兵今古鲜。江淮阔，赤县迎风舞，万马腾欢。

中枢谋划高超，又捧月群星尽圣贤。喜大军英勇，包抄分割，百韬毙命，悟我堪怜。双管施威，瓮中捉蟹，雪地冰天敌倒悬。杯高举，望军民莫醉，鞭指江南。

第二章 征 途

在中央红军突围的道路上，蒋介石先后布置了四道封锁线，企图阻止甚至消灭红军。湘江一役，由于博古、李德等人的错误指挥，红军贻误战机，付出了极其惨痛的代价后才勉强渡过了湘江。湘江的水被红军将士的鲜血染红了。那一刻，山河为之呜咽，天地为之动容。擦干眼泪，痛定思痛，英勇的红军将士从此踏上新的征程。

踏上征途

1934年9月29日，红三军团政委杨尚昆看到了张闻天在《红色中华》报上发表的一篇社论——《一切为了保卫苏维埃》，惊讶地发现这次的社论和往常不太一样。自从第五次反"围剿"斗争开始以来，中央一直强调"御敌于国门之外""不许敌人蹂躏苏维埃寸土"，而这篇社论却改变了调子，说在强敌面前"暂时的放弃某些苏区与城市"，"转移地区，保存红军的有生力量"，这样做是为了"实现党的总的进攻路线，争取苏维埃革命的全部胜利"。这是怎么回事？难道中革军委又有什么大的战略举措？

杨尚昆猜得没错。1934年10月6日，从中央苏区北部前线传来的消息令人格外焦虑：国民党军已经全面突破了石城防线，其主力部队正向瑞金方向而来，距离瑞金的直线距离只有几十公里了。然而，更严重的一个突

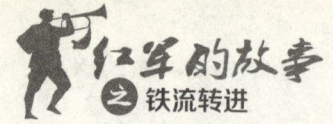

发情况使得红军的战略转移不得不提前进行。

1934年7月,湘鄂赣军区司令员兼红十六军军长孔荷宠突然叛变,导致湘鄂赣边区随即被国民党军占领,而且孔荷宠还把中央红军大规模军事转移的计划泄露给国民党军,一张瑞金中央机关的位置图也落入敌手,使得瑞金附近的重要目标在接下来的几天里遭到了猛烈轰炸,战略转移迫在眉睫。

1934年10月7日以及接下来的几天里,中央红军各个主力部队的高级指挥员们纷纷接到了朱德代表中革军委发出的令人难以琢磨的电报。

10月7日上午11时,朱德致电红一军团林彪、聂荣臻,要他们向集中地域秘密移动。电报原文如下:

林、聂:

甲、一军团(欠十五师)及全部后方机关,应于今七号晚集中于兴国东南竹坝、黄门地区,于八号晚开始向集中地区移动。十一日晨应集结于以下分界的地区:在北面及西面则以宁都河为分界线,在东面则以下坝、宽田为分界线,在南面则以宽田、梓山市及向西到会昌、宁都河会合处为分界线,各分界线均不包含在一军团集中地域内。

乙、为保守军事秘密,应采取如下的办法:

A. 对于部属只告以每天的行进路和宿营地;

B. 为避免敌人的空军侦察,应于夜间移动,拂晓时则应隐蔽配置起来,并采取各种对空防御的手段;

C. 要克服落伍及逃亡;

丙、十五师约于十二号到达你们集中地区内的东部。

丁、到达集中地域后,你们应于宽田、岭背间接上我们的长途电话。

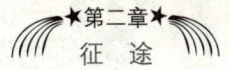

戊、应给五军团首长战术上的指示，而兴国最少要于十五号以前保持于我们的手中。五军团从八号晚起即直接受军委指挥。

己、执行情形电告。

朱德
七日十一时

此外，除转移的地点有所区别外，给其他军团指挥员的电文也大致相同。

10月7日晚上9时30分，朱德致电红三军团彭德怀、杨尚昆，指示他们"应在目前集中地进行补充和军政训练"。

10月7日晚上10时，朱德致电红九军团罗炳辉、蔡树藩，要求他们"转移至古城、瑞金间地域部署"。

10月9日，朱德致电红八军团周昆、黄苏，要求其"向集中地域移动"。

从以上电报内容可看出以下四点：

第一，这是第五次反"围剿"以来，朱德代表中革军委第一次向各军团指挥员下达撤退的命令，与此前的作战命令大相径庭。

第二，除红五军团坚守阵地外，红军的主力部队都接到撤退、转移的命令，这就毫无悬念地预示着红军的大规模转移行动即将拉开序幕。

第三，大部队转移计划是绝对保密的，不仅军团一级指挥员在接到电报那一刻起才知道，而且军团以下指挥员和普通战士更是对转移计划完全不知情。朱德在每份电报中都强调："对于部属只告以每天的行进路和宿营地。"

第四，对于转移路线，最高决策层也在思考犹豫之中。

★刘亚楼

★杨成武

红一军团二师四团政委杨成武是在读了张闻天的那篇名为《一切为了保卫苏维埃》的社论时，才隐约感到有些异样。他去找自己的领导——师政委刘亚楼，想从上级那里了解到更确切的信息。然而刘亚楼也没有接到更明确的上级指示，也正拿着报纸分析真相到底是什么。从军事常识上讲，向有关指挥员，尤其是中高级指挥员隐瞒部队行动，是不符合军事惯例的，而且可能造成部队混乱，这具有一定的潜在危险。然而，凡属重大军事行动，高度保密也在情理之中。刘亚楼也无法理解这前后有点矛盾的分析，但另一个无法回避更无法掩盖的事实是，在军事上已处于劣势的第五次反"围剿"斗争，全靠红军主力硬撑，一旦大部队转移，只留下少量的后卫掩护部队和地方武装，更难以阻挡敌人的进攻，敌人更有可能全线进攻，那么中央苏区甚至瑞金都将遭遇灭顶之灾。想到这里，刘亚楼和杨成武顿感脊背发凉。

红三军团从奉命撤出阵地到离开中央苏区，只有9天时间。此前，彭德怀和杨尚昆虽然从《红色中华》的社论中，以及军委的电令中觉察到中央可能要放弃苏区，实施转移，但未接到正式命令。直到他们将部队调整完毕，到雩都集结时，博古向团以上干部作报告，才正式宣布"中央决定转移，部队准备突围"，但也没有讲明白为什么要转移，以及突围后又要往哪里去。

彭德怀一向耿直，在想到第五次反"围剿"以来博古、李德的错误指

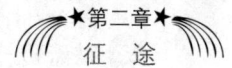

挥给红军带来无法弥补的损失时,非常恼火地对杨尚昆说:"这么大的军事行动,中央也不开个会,同各军团的同志商量一下,真是乱弹琴。"

1934年10月8日,中共中央发布了关于"红军主力突围转移,中央苏区广泛发展游击战争"的训令,这一训令被认为是长征最早的军事和政治命令。训令中写道:

在我们党面前摆着这样的问题,全部红军继续在苏区内部与敌人作战,或是突破敌人的封锁到敌人后面去进攻。很明显的,如果红军主力全部照旧在被缩小着的苏区内部作战,则将在战术上重新恢复到游击战争,同时因为地域上的狭窄,使红军行动与供给补充上感觉困难,而损失我们最宝贵的有生力量。并且这也不是保卫苏区的有效的办法。因此,正确地反对敌人的战斗与彻底粉碎敌人五次"围剿",必须使红军主力突破敌人的封锁,深入敌人的后面去进攻敌人。

这似乎把红军主力转移的理由说得很明白,但转移的目的地在哪里,多长时间才能够回来,这两个问题显然没有回答,只在最后说道:"中央向着在艰苦奋斗着的中央苏区全党同志致热烈的布尔什维克的敬礼!"

1934年秋,毛泽东41岁,他双颊深陷,憔悴消瘦,颧骨凸出,黑发几乎齐肩,两眼却炯炯有神。此时的毛泽东身患疟疾,经常复发,一病数月,经常感到虚弱和乏力。1932年宁都会议后,毛泽东被撤销了红一方面军总政委职务,解除了军权。由于政治路线的分歧,曾有一段时间,博古想让毛泽东去苏联养病,但毛泽东坚决不同意,后来在确定留守人员名单时,博古也想让毛泽东留下来。伍修权后来回忆说,原本毛泽东未被列入参加转移的名单,后来考虑到他是中华苏维埃共和国中央执行委员会主席,在

军队中享有崇高的威望,才允许他一起转移。

试想,如果毛泽东没能参加长征,那么中国革命将会出现什么样的结局呢?

正在紧张筹备转移的过程中,毛泽东突然被要求离开瑞金去雩都视察。

事实上,毛泽东到雩都后,立即对雩都方向的敌情和地形做出了详尽的调查。他检查赣南省各级政府的工作,召开各种会议,请工人、农民、赤卫队员和区、乡、村干部来座谈,了解政府工作的各方面情况。毛泽东还注意了解敌情,了解苏区红军和地方武装的情况,了解敌军调动的情况,为中共中央选择战略转移的行军路线提供依据。20天后,中华苏维埃共和国与中央红军正是从这里突围的。

★中央红军长征出发地——雩都

调查结束后,毛泽东忍受被疟疾折磨的同时,又在苦苦思考红军的出路在何方。深夜,他提起笔给博古写信,再次向中革军委最高"三人团"献出自己的良策。信中说,红军虽已不利于出浙江,但还可以向另一方向改取战略进攻,即以主力向湖南中部前进,调动江西敌人至湖南,寻机消灭;当敌人撤出中央苏区时,红军主力再掉头返回中央苏区,并写明了具体路线。可见,此时的毛泽东并没有做长期大范围转移的思想准备。

当然,从后来红军出发的行军方向来看,这个被毛泽东视为最有可能

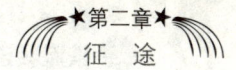

挽救红军于水火的建议并没有被博古采纳。

10月15日，毛泽东完成了最后一项艰巨的任务——在雩都召集赣南省委省、县、区三级主要干部大会，其实是代表苏维埃政府做一次留守工作的思想动员。

毛泽东讲道："同志们，你们不要怕。不要以为红军主力部队走了，革命就失败了。大家要坚定信心，要看到长远，不要只看到暂时的困难。革命是有希望的，最后胜利是属于我们的。"

我们无从知道，此刻的毛泽东是否还像给博古写信时一样，坚信红军会在短时间内打回苏区。

1934年10月10日，中国共产党和中国工农红军离开了他们创建的中华苏维埃共和国首都瑞金，我们将这个日子确定为中央红军长征的出发日。当然，当时中央和红军的领导并没有将这一行动称为"长征"，而是称为"西征"或"战略转移"。"长征"一词是在1935年5月中央革命军事委员会以朱德总司令名义发布的《中国工农红军布告》中使用后才传开的叫法。

参加长征的红军主力包括：中国工农红军第一军团，军团长林彪，政治委员聂荣臻，兵力19880人，枪支8383支；中国工农红军第三军团，军团长彭德怀，政治委员杨尚昆，兵力17805人，枪支8287支；中国工农红军第八军团，军团长周昆，政治委员黄苏，兵力10922人，枪支3476支；中国工农红军第九军团，军团长罗炳辉，政治委员蔡树藩，兵力11538人，枪支3945支。

此外，加上一直在阵地坚守掩护大部队撤离的第五军团，中央红军转移部队为86859人，另有2个军委纵队和各个军团所雇的大量民夫，这支队伍的总人数应该近10万。

10月10日，在中央红军司令部所在地梅坑，还有一群人站在行进的队

伍中。这些人看上去不是军人，而是20多名妇女和100多名非战斗员的男性，他们被编为休养连。在这群人中，年纪最大的是徐特立（毛泽东的老师），他已57岁；中央政府秘书长谢觉哉，时年50岁；董必武，时年也是48岁。30位参加转移的女红军是中央红军中唯一的女性群体，蔡畅、贺子珍、邓颖超、康克清、刘英等都在其中，她们用柔弱的身躯，顶起长征中的半边天。

贺子珍对自己能被批准随部队转移已是十分庆幸，但令她揪心的是，军事转移计划规定，孩子一律不准带走。作为曾经失去亲生骨肉的母亲，她此刻对刚满3岁的儿子会有多么不舍，用语言可能无法形容。总之，她为即将分别的孩子准备东西比自己准备长征的行囊还要用心。她把儿子小毛交给妹妹贺怡和妹夫毛泽覃，并留下一件褐色夹衣和4块银圆——夹衣可以在冬天来临时给孩子改成一件小棉袄，银圆是一旦情况危急把孩子托付给老乡时所需要的。后来，随着苏区斗争形势危急，贺怡就将小毛托付给了老乡。新中国成立后，这个令贺子珍最牵挂的儿子小毛都一直没有找到。

江西南部的雩都是一个宁静富足的小县城，人口不到1万。县城边有一条河，叫雩都河也叫贡水。10月17日傍晚，河上已经架起了5座浮桥，所有参加军事转移的人员都聚集在河岸边的雩都城内，整装待发，等着黑夜的来临。

10月18日下午5时，毛泽东和他身边的20多名工作人员，在雩都北门旁一所房子的小院子里集合。他们走出院子，同中央纵队的其他单位会合了。毛泽东的行李很简单，仅有一袋书、一把破伞、两条毯子、一件打满补丁的旧外套和一块旧油布。

在静谧的月夜，队伍踏上雩都河上的浮桥向河西走去。没有老乡送行

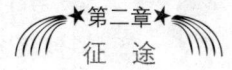

的依依惜别，没有母亲送儿参军的嘤嘤啜泣，人群异常安静，只有咯吱作响的木桥，仿佛在关切地问：你们要去哪里？

萧峰在《长征日记》中这样描写当日的情形：

路过卦江时，卦江赤卫队刘队长拉着我的手问"你们往哪去？"他希望红军早日粉碎敌人的"围剿"。战士们也不断问我："总支书，队伍开到哪里去？"我也只听说向南行动，反正哪里便于消灭蒋介石，好打破敌人的"围剿"，就打到哪里去。

过关斩将

1934年的秋天，赣闽粤边区的山路上走来一队穿军装的人，位于中间的是两顶轿子。队伍一路急行来到粤军的哨卡前面，站岗的官兵向领头的军官套近乎："严连长，您这又是给旅长办差哪？"

领头的军官一脸不耐烦："少废话，快让开，没看着这后面是旅长的私人轿子嘛，里面可是旅长的贵客！"

这个严连长在粤军第一师第二旅可是名人，是旅长严应鱼的心腹，别看只是个连长，在严应鱼驻防的赣粤闽边区，只凭着这张脸，就可以畅通无阻。他一出面，绝对代表的是旅长的命令。所以，站岗的哨兵小跑着来移除路障。

一行人顺利地进入了罗塘镇附近一个十分偏僻的小山村，在一座崭新的两层小洋楼前停了下来，从轿子里走出两个老乡打扮的人。令轿夫十分惊讶的是，这两个平头百姓出手十分阔绰，给了他们每人一块大洋，可知两人定是大有来头。

红军的故事 之 铁流转进

★何长工

★潘汉年

这俩人就是受周恩来派遣与粤军陈济棠部谈判的中共代表何长工和潘汉年。

第二天,中共与粤军的秘密谈判就在小洋楼的二楼会议室正式开始,双方态度都很诚恳。经过3天的密谈,红军与粤军达成了5项协议:(1)就地停战,取消敌对局面;(2)互通情报,用有线电通报;(3)解除封锁;(4)互相通商,必要时红军可在粤军的防区后方建立医院;(5)必要时可以互相借道,红军有行动事先告诉粤军,粤军撤离20公里。这样的谈判结果,可以说令双方都非常满意。

首先,对陈济棠来说,为了保住自己的地盘,他也是绞尽脑汁。陈济棠号称"南天王",他不属于蒋介石的嫡系部队,是雄霸广东一带的地方军阀,有自己的陆军、空军、海军,以及自成体系的行政机构、财政收支,可谓"国中之国"。但陈济棠也有他的顾虑:一方面,蒋介石要他参加"围剿",担任赣粤闽边区"剿匪"副总司令,但与红军真刀真枪地打,他还是心疼自己那点家底儿;另一方面,中央苏区正好处于陈济棠与蒋介石国统区的中间地带,如果苏区被占领了,蒋介石还不得图谋他陈济棠的地盘。于是,陈济棠口头上坚决执行蒋介石的"围剿"命令,私底下却下达命令:修碉堡,守阵地,决不主动进攻,以减少伤亡为要义。

"福建事变"后,陈济棠看到蒋介石处理第十九路军的铁血手腕,更觉得自己前途未卜,甚至性命堪忧。陈济棠便开始想方设法与共产党秘密取

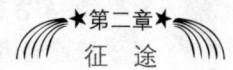

得联系，达成某种"共识"。一方面，他派出部队向苏区进犯，摆出一副要攻打中央苏区南大门的架势；另一方面，派出心腹参谋秘密去筠门岭，与红军达成"互不侵犯"协定。与此同时，陈济棠还鼓动广东的商人跟共产党做生意，红军急需的药品、盐巴、弹药、电池等，大部分都能从陈济棠辖区的商人那里买到，当然，这些紧缺物资价格奇高。陈济棠卖了东西赚了钱，还讨好了共产党，可谓一举两得。

其次，共产党也达到了自己的目的。这次战略转移前的秘密谈判，显然是有所指的，重点就是"借道"。关于这一点，早在年初，广西军阀白崇禧到达广州，看了一遍陈济棠布防的前线之后，就点到了问题的关键。他告诉陈济棠：第一，共产党红军定要突围；第二，突围的方向很可能是广东；第三，突围的时间应在秋冬之间。这一推测距离中央红军开始大规模军事转移还有半年之久，估计那时的博古、李德还没有想清楚是否要转移，该从哪里打开出口。

然而此刻，谈判桌上的一方早已打定主意要从陈济棠的防区穿越，突破包围圈，而另一方还后知后觉，没有觉察到中央红军的大规模军事行动，甚至幻想着苏区仍然能成为他们向北防范蒋介石的屏障。

从雩都出发的红军摆出了奇怪的队形，刘伯承把这一队形比作"抬轿子"：红一军团、红三军团走在最前，为左右前锋；红八军团紧随红三军团，红九军团紧随红一军团其后，在两侧掩护；红五军团殿后；中间护卫着军委纵队和中央纵队。按照李德的设计，中央纵队和军委纵队就是这个"轿子"的"座椅"，要安全稳固地前进。但是让能征善战的主力部队当"轿夫"，显然束缚了他们的机动性和灵活性，丧失了寻机击敌的主动性。

不仅如此，这支近10万人的队伍呈"甬道式"前进，上万名挑夫抬着几百斤的印钞机、缝纫机、织布机，以及兵工厂的全部机器零件，行动极

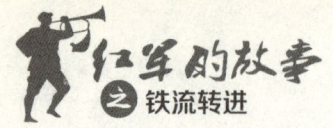

其缓慢。这哪里是在行军打仗,简直就是一次"大搬家"。正如斯诺在《红星照耀中国》中所写的:"兵工厂拆迁一空,工厂都卸走机器,凡是能够搬走的值钱东西,都装在骡子和驴子的背上带走,组成了一支奇怪的队伍。"这样的行军,每天只能走二三十公里。由于大型机器搬运十分困难,降低了行军速度,因此很多红军战士不得不停下来等待前方道路通畅才能继续行军。

在苏区内走了3天之后,8月21日,红军的前锋部队才来到苏区防线的最南端赣州,这是粤军构筑的第一道封锁线。朱德的部署是:以第一军团为左路,进攻新田、金鸡;以第三军团为右路,进攻韩坊、古陂;第九军团跟随第一军团前进,掩护左翼安全;第八军团跟随第三军团前进,掩护右翼安全。

粤军对红军突然出现在防线边缘感到异常惊讶,甚至两军已经交火,还有粤军军官以为这是红军的小股侦察队或是探路的小股红军,并没有做严密的军事部署。更何况有协议在先,"红军有行动事先告诉粤军",但这次大规模军事转移,就连红军内部军团一级指挥员都没有提前得到明确指示,又怎么可能通知粤军!如果通知了粤军高层,陈济棠方面若考虑到"通共"的罪名,也不可能广泛传达撤军的命令。事实上,陈济棠也不希望跟红军硬拼,更希望红军穿越自己的辖区尽快离去。

于是,战斗还是在21日拂晓打响了。左路军方向,担任主攻的是红三军团第四师和第六师,他们在粤军坚固的防御工事前伤亡较大。第四师是红三军团的先头部队,在战斗僵持不下时,第四师独臂师长洪超亲自指挥先锋团第十一团冲击,最后以肉搏战击溃了当面阻击之敌,洪超在战斗中牺牲。

红一军团的进攻方向上,前卫团是第二师第四团,团长耿飚,政委杨成武。该团的前身是北伐战争时国民革命军第四军叶挺独立团,有着光荣的战斗历史和顽强的战斗作风。战斗一打响,四团的官兵就十分勇猛,粤军见红军来势汹汹,便开始撤退。四团的尖刀连连长边打边喊:"追!不能让他们回去报信!"于是,红军战士猛追不舍,最终把这股撤退的粤军俘虏了。此刻,战士们越打越兴奋,也忘了中革军委开战前要求"如粤军自愿撤退,应勿追击和俘其官兵"的电报指示。

★耿飚

在红一军团政治部宣传部工作的彭加仑用"追"来描述这场战斗:"敌人费了多少功夫,花了群众多少血汗,筑成第一道封锁线,只不过几个钟头的工夫,就被红军打得粉碎……猛打、猛冲、猛追是红军的拿手好戏,这会儿冤家遇对头,敌人跑得快,我们追得猛,跟着屁股,追得他屁滚尿流。大概跑了五六十里路,敌人实在跑不动了,遇到一个村庄,就停下来,想吃点东西歇歇脚。没想饭碗还没端稳,红军就赶到了,敌人扔下饭碗接着跑,跑得慢的自然做了俘虏。"

杨成武在回忆录里也描述了这一仗的情形:"红军士气高昂,连续走了几天,正愁见不到敌人,求战心切之下,在古陂、安息打了一天一夜,把敌人打了个稀里哗啦。"

当日,红军从龙布至韩坊全线出击,粤敌余汉谋部已从重石、新田、固陂、韩坊全线撤退,红军略有缴获,主力乘胜向信丰东南地域追击。

此时的蒋介石仍然不知道红军主力究竟在何处。10月21日当天,何键还转发了蒋介石关于消灭红军于赣、信、安、寻封锁线以东地区的电令,

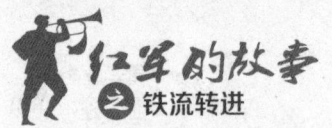

巧的是上述地点恰好是红军刚刚打胜仗的地方。即便第二天陈济棠从其下属余汉谋的电报中得知红军已经突破了他的防线，进入他的辖区北部，他也没有及时报告给蒋介石。此时，落后的情报网使蒋介石依然相信毛泽东仍是这股红军的领导者，他命令空军把瑞金作为轰炸的重点目标。

直到10月25日，驻吉安的国民党空军第五中队飞行员报告说，他们在粤赣湘边界地区的大山中发现了"从来没有过的大部队红军"，这是国民党军的飞行员第一次发现大规模转移的红军主力部队。然而此时，红军已经远离苏区100多公里了。

10月22日，中央红军全面突破了粤军的防线，陈济棠虽然对于红军没有事先通知他的军事行动表示强烈不满，但依旧按照承诺撤兵20公里，给红军留出一条西行穿越广东的通道。

走出苏区的红军，在江西、广东、广西、湖南诸省边缘地带的五岭山区穿行。五岭是指大庾岭、骑田岭、都庞岭、萌渚岭、越城岭，一般在海拔1000米以下，较高的在2000米以上，东西长约640公里，南北宽约310公里，地处广东、广西、湖南、江西四省交界处，是长江和珠江两大流域的分水岭。为了不暴露目标，红军一般在夜间行军。有人这样描写当时的情景："当月亮被云遮住，部队就要燃起火把行军。这种火把通常是一束劈开后又捆扎起来的竹子，有时还用松枝，还有盛满了煤油的竹筒。这时，无论是从山脚下仰视，还是从山崖俯视这条忽隐忽现、逶迤盘旋的火龙，那都是一幅美丽的图画。但是，行军并不是那么轻松美妙。在伸手不见五指的黑夜，战士们有时在自己的背上拴上白布条子，好让后面的同志看清楚跟上来。有时在危险的小山路上夜行军，后面的同志要将双手搭在前面同志的肩上，以防偏离那条狭窄的小道。这些小道经常是很滑的，如果一个人摔倒了，后面跟着的一班人也会摔倒，搞不好，有时还会从200英

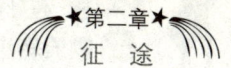

尺高的陡崖上摔下去。"

除21日有短暂而激烈的交火外，后来的几天，偶尔还会响起零星的枪声，甚至在密林中有粤军的身影，但那绝不是要阻挡红军的去路。此时，共产党高层与陈济棠方面依旧保持着秘密联系。10月25日，大部队向西渡过桃江，沿着乌迳、百顺、长江圩、城口镇一线以北的西行通道，向湖南前进，突破了陈济棠的第一道封锁线。29日，中央红军终于接近了广东与湖南的交界处。

发现红军的行踪后，蒋介石仍不能确定中央红军的行军方向，但通过分析认为：红军若向东，则进入福建，背朝大海没有退路；向南，则进入广东，势必与陈济棠硬拼，胜算不大；向西，却恰好与红二、六军团会合，倒是有转败为胜的可能性。于是，蒋介石一面命令北路军周浑元、吴奇伟两个纵队集结待命，一面命令粤军陈济棠和湘军何键部火速在湘粤边的桂东县、汝城县、仁化县等地从北向南组成第二道封锁线，阻止红军西进。

1934年11月，中国工农红军开始部署如何突破国民党军的第二道封锁线。中革军委为了争取先机，决定红三军团向湘南的汝城方向挺进，红一军团向广东的城口方向挺进。

红一军团二师六团一营营长曾保堂率领部队，担任左路方向上城口镇的突袭任务，一夜奔袭220里，趁敌人大部队还未到达，占领了只有民团把守的城口镇。说来也险，第二天上午，哨兵抓到几个便衣侦察员，一审问，曾保堂才知道国民党军的一个师已于昨天18时到达城口镇附近，这几乎与红一军团二师六团一营官兵同时抵达。只是当时曾保堂毫不迟疑地打下了城口镇，国民党军听到枪声，不敢贸然前进，就在镇外逗留，经过打听得知红军已经占领了城口镇后，立即回撤20多公里。真可谓"狭路相逢勇者胜"！

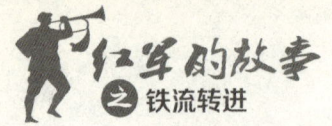

右路军红三军团奉命分左、右两个纵队向汝城进击,鉴于汝城碉堡坚固,无法强攻,遂决定避实就虚,绕过汝城,经城南的天马山、大来圩等地继续西进。

由于第二道封锁线是粤军和湘军共同把守,两军对于"围剿"红军的任务相互推诿,都希望对方打头阵,所以只要红军一出现,粤军就往后退,而湘军又认为红军还在广东境内,不愿损耗自己的兵力帮别人打仗,索性只顾自扫门前雪。结果,中央红军就在敌人的混乱布防中,于11月8日从两军缝隙间通过了蒋介石设置的第二道封锁线。

敌人的第三道封锁线设置在湘南的郴县、良田、宜章县向南延伸到粤北的乐昌县。11月7日,中革军委发布了红军主力部队通过第三道封锁线的行动命令。据中革军委掌握的情况看,前方的敌情并不严重:在红一军团的行进方向上,乐昌北面九峰山似有粤敌独三师1个团,乐昌有独三师2个团;在红三军团的行进方向上,汝城、宜章间没有正式部队。湘军何键部难以首尾兼顾,其主力第十五师大部分被调往贵州"会剿"红二、红六军团,第六十二师大部分正在从江西返回途中,来不及到达湘南粤北地区,而蒋介石的中央军"追缴"纵队,还远在湘赣边界。所以,第三道封锁线还没有真正布置完成,这是红军突破封锁线的好机会。

红一军团受命抢占乐昌以北的制高点九峰山,以掩护军委纵队从九峰山山脚下通过。起初,林彪以为,粤军并没有占领广东北部的乐昌,其北面九峰山没有敌情,不必着急抢占。但侦察部队回来报告的情况令林彪大吃一惊:他们看见一部粤军正在大道上快速行军赶往九峰山。林彪遂命红一军团二师四团团长耿飚率部打头阵。

11月正是湘南的雨季,道路泥泞湿滑,耿飚和杨成武二人都未骑马,同战士们一路奔跑。雨中,九峰山两侧两支部队都在爬山抢占制高点,但

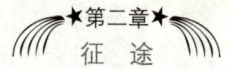

相互并不知情。原本粤军离山顶更近一些,但狂风疾雨帮了红军的忙,粤军是顶风爬山,红军则是顺风爬山,结果双方几乎同时到达山顶。粤军还没反应过来,就被爬上山顶的红军战士打了下去。很快四团便夺下了九峰山,成功掩护军委纵队及其他红军部队从山下狭窄的山路通过。

红军自战略转移开始,一个月以来从未攻打县城,能绕道尽量绕道,避免打硬仗损失有限的人力物力。但11月10日红军在侦察地形后发现,向西行军的道路被大山阻隔,唯有通过宜章县城才能继续行军。此时又逢大雨,红三军团获悉湘军援兵已抵达郴州,但尚未赶到宜章,于是一方面令第五师攻占良田,向北逼近郴州,切断郴宜公路,力阻湘军从郴州向宜章增援;另一方面,派第六师第十六团为先锋,冒雨急行军向宜章挺进。在宜章城外,200多人的民团前来阻击,但很快被打退回城内。附近群众见红军到来,积极帮助红军修筑工事。11月11日拂晓,红军正准备攻城,突然城门被打开,红军战士们还没搞清楚是怎么回事,只见城内群众纷纷拥出,笑脸相迎红军进城。原来城内的民团见人心所向,大势所趋,便趁夜逃窜。宜章县城就这样不攻自破,被红三军团顺利占领。其实,参加过南昌起义的红军官兵对于宜章并不陌生,在这里,朱德、陈毅发动湘南起义,建立了湘南第一个苏维埃政权,附近5个县的8000多名农民参加红军,所以这里的老百姓对红军是有感情的。

红军在宜章县城内召开了3000人群众大会,宣布成立县苏维埃政权,建立赤卫队,释放被国民党关押的革命者和无辜群众,没收豪绅地主的财物,分给劳苦大众。同时,红军自身也得到了必要的物质补充,扩红四五百人,休整3日。

14日,当湘军第十五师和国民党中央军从郴州南下并向良田来袭时,红军已经全部通过第三道封锁线,穿过粤汉铁路。

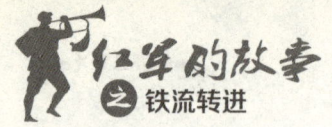

然而,在宜章的欢乐并不代表接下来的行军和战斗是轻松的,红军的高级将领似乎嗅到了一丝决战的火药味。

血染湘江

就在红军与宜章百姓共叙鱼水情,举城联欢的时候,11月13日,蒋介石克制不住心中怒火,对红军再次突破封锁线恨得咬牙切齿,急忙委任湖南军阀何键为"追剿军"总司令,调集五路大军对中央红军形成合围之势,誓把红军封杀于湘江以东。

第一路由刘建绪任司令官,下辖4个师,由郴县南下黄沙河、全州,到达潇水与湘江之间与桂军协同,负责从北面攻击,防止红军在湘江受阻后往北转向湖南腹地;第二路由薛岳任司令官,下辖4个师,紧随湘军之后,由茶陵、衡阳直插零陵,堵截红军北去或西进与红二、红六军团会合,同时督促湘军作战;第三路由周浑元任司令官,也有4个师的兵力,加上第四路李云杰的2个师共计6个师在红军右后方近距离尾随;第五路由李韫珩率1个师向红军左翼压进。此外,蒋介石还命令广东、广西、贵州的地方部队,从前后左右向中央红军合围,构成铜墙铁壁般的第四道封锁线。

蒋介石一方在部署第四道封锁线,共产党一方在筹谋下一步该向何处去。早在11月6日,军委纵队突破第二道封锁线到达城口镇时,毛泽东摊开地图,发现红军已走到了湖南南端与广东北部的交界处,由此向北不足250公里就是他熟悉的井冈山地区。在反复斟酌之后,他认为,红军此时不能再向西前进,对西部地形、民情都不熟悉,不利于红军开展游击战争;更重要的是,蒋介石一定已经推测出红军要向西与红二、红六军团会合,定会在西进的路上部署重兵。所以,毛泽东建议直接折向正北方向,沿诸

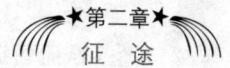

广山北麓和耒水两侧挺进井冈山西麓,在那里寻找战机与尾随而来的湘军或者中央军打个歼灭战,然后重上井冈山,或重返瑞金。但此时的毛泽东已经没有兵权,人微言轻,博古和李德更不愿意到毛泽东熟悉的地盘去打游击。

但无独有偶,彭德怀在攻打宜章县城后,也觉察到再向西行军可能会遭遇国民党的重兵围堵。他建议从宜章向北发展,进入湖南腹地,以一部佯攻长沙,牵制湘军主力,而红军主力则向湘西拓展,与红二、红六军团互相策应,寻机建立新的根据地。虽然彭德怀的建议是先向北再向西发展,而毛泽东的建议是先向北再向东发展,两者在战略方向上有所差异,但本质上都是一个目的——打乱敌人部署,寻机歼敌有生力量。

须知,红军之所以能够顺利突破前三道封锁线,不仅仅是因为与陈济棠的"秘密协定",更主要的是蒋介石当时并不知道红军已经离开苏区,待发现之时,部署兵力围追堵截已为时晚矣,这才使得红军能够从蒋介石三道封锁线的夹缝中冲出。但时隔一个月,蒋介石已经对红军的行军方向猜出个八九不离十,再向西行就是硬着头皮钻进蒋介石的笼子里,况且蒋介石布置的包围圈也借助了潇水和湘江的有利地形,红军一旦冲入两河之间的地域,将面临背水一战的窘境。

高山相阻,两河相夹,这是军事上典型的"死地"!蒋介石的如意算盘是,红军只有两种选择:要么继续前进,强渡湘江,这样必然与湘系、桂系发生恶战;要么掉转方向进入广东或广西,这样必然与粤系或桂系发生激烈冲突。

在长征的过程中,最惨烈的战斗莫过于血战湘江。红军在湘江遭遇的敌军数量之多、装备之精、战斗力之强,都是空前的。聚集于此的敌军,包括国民党的中央军、粤系军队、桂系军队、湘系军队、地方保安部队,

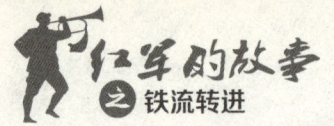

人数多达 40 万。国民党军队不仅有装备精良的机枪大炮,还有先进的作战飞机。无论国民党中央军还是地方军队,都具有丰富的作战经验,战斗力极强。当时在红军部队中有这样一首歌谣来形容各系军阀的战斗力:"滇军黔军两只羊,湘军就是一头狼……"红军不仅缺粮少弹,而且是疲惫之师。此时,红军正是"明知山有虎,偏向虎山行"。

红军继续保持原来的队形向湘江挺进。林彪率领的红一军团和彭德怀率领的红三军团在前,红九军团在中央纵队前面。中央纵队此时已经减轻了一点负担,在突破第三道封锁线时,由于军情紧急,不得不下命令将搬运不了的大件行李就地销毁,战士和挑夫们恨透了那些几十个人都搬不动的大箱子,有时他们甚至要一个晚上才能把这些机器搬上一个小山坡,但要赶上前面的大队伍,至少还要这样坚持两个昼夜。因此,军委命令一下,他们就发泄似的砸毁这些拖累人的机器,最后还剩下 400 多件大件行李。红八军团在红三军团后面,保护中央纵队左翼,而红八军团后面依旧是保卫中央纵队安全的红五军团。

军委纵队继续向西行至道县,毛泽东再次对中央红军的军事转移计划提出异议。毛泽东认为,中央红军自苏区的战略撤离,到此应该是向西的终点,不要渡过潇水,应该沿着潇水的西岸向北,然后诱敌决战,再转回中央苏区。此时的毛泽东还是认为红军不应做彻底的战略转移,而只是进行一次调动敌人的战略机动,最终还是要回苏区的。但博古和李德的意图是继续向西,沿着红六军团走过的路,与红二、红六军团会合,在湘西重新建立一个根据地。因此,毛泽东的建议再次被否决,而此时的红军正在走向蒋介石设下的陷阱。

1934 年 11 月 22 日拂晓,红一军团的先头部队在没有较大阻力的情况下率先占领了道县县城,随后军委纵队到达道县。11 月 23 日,朱德发布了

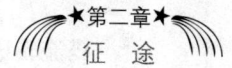

《关于野战军 25 日晨前西渡潇水的部署》。

11月24日,红军获得准确情报:何键于23日下达作战命令,预测了中央红军必定要向西通过湘江地域,所以急令国民党军各部队即刻到湘江上游集结。也就是说,中革军委已经知道必须在24日前后抢在国民党军前面到达湘江渡口,否则将面临绝境。但24日,军委第一、第二纵队仍在道县,距离湘江渡口还有160公里,抢先渡过湘江已经不可能了,但此时防守湘江另一半的桂军似乎又给了红军一次安全渡江的机会。

湘江由南向北贯穿湖南全境,最后汇入洞庭湖,是长江的重要支流。要渡过湘江,最重要的是要占领全州。全州是广西东北部与湖南相邻的一个县城,地势较高,只要占领全州,就可以俯视甚至控制全州一带几乎所有的湘江渡口。全州县城由桂军防守,因此对蒋介石来说,能否把红军堵在湘江东岸集中消灭,桂军的防守极为关键。

白崇禧是广西实力派军阀,他通过潜伏在南京的内线得知,蒋介石意图压迫红军从龙虎关两侧地区进入广西、广东,让桂系、粤系军阀与红军硬拼,最后中央军借口"追剿"红军分别进入广西、广东,同时也就接管了广东和广西,名曰"剿灭红军",实则是"一举除三害"的毒计。

白崇禧不愿意充当蒋介石的炮灰,命令桂军主力撤离。按照蒋介石原来的部署,桂军、湘军分别扼守湘江南北两段的渡口及湘江东面的重要关口。而此时,白崇禧将驻守全州、灌阳的第十五军主力撤至灌阳、兴安一线,第七军集结于恭城,这就等于把原来南北走向横在西去湘江道路上的一道大门,变成东西走向屏蔽在广西东北的一道大门,只留下少数部队扼守湘江据点。他的手下不明白白崇禧的用意,提醒说,这样做等于把湘江防线撕开了一个大口子。白崇禧愤然地说:"老蒋恨我们比恨朱、毛还更甚,这个计划是他最理想的计划……,我为什么要顶着湿锅盖为他造机

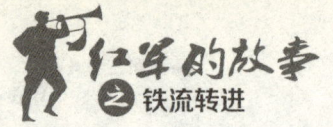

会？不如留着朱、毛，我们还有发展机会。"于是，白崇禧制定了"不拦头、不斩腰、只击尾"的"送客"方针，全力阻止红军南下广西。

于是，11月22日，作为"追剿军"总司令的何键收到了白崇禧的紧急军情电报："因红军攻击贺县、富川，全州、兴安间主力南移恭城。所遗防务，请湘军填补。"其实，这只是红一军团先头部队的一次佯攻，却成了桂军溜之大吉的借口。

桂系留下的据点，湘军本来可以接防。但何键看出了白崇禧的心思，也盘算起自己的得失来：桂军向腹地收缩，要湘军深入桂境协防，湘境也兵力捉襟见肘，若出现漏洞，又有谁来防护？

于是，何键在22日接到白崇禧电报，26日才派部队南移至全州。因此，从全州到兴安界首之间的130里湘江两岸，近5天时间竟然没有国民党正规军防守。如果红军抓住这一机会，利用敌人内部矛盾，以最快的速度轻装急行军，完全有可能以较小的损失渡过湘江。可是李德不熟悉中国的地理特点，不善于利用各种有利条件，机械地按照并不十分准确的地图指挥作战，结果使红军丧失了宝贵的渡江时机！

11月27日，湘江战役第一天。

尽管有国民党军兵力部署时间的情报，且白崇禧、何键布防有漏洞，但军委纵队还是迟至11月25日才从道县出发。

红一军团第二师第四团，此时又成了全军的先头部队，11月27日抢先占领了湘江边上的重要渡口界首，并在红三军团第六师先头部队赶到后，将阵地交给六师坚守。四团官兵还没来得及休整，杨成武就接到二师师长陈光的紧急命令：立即抢占脚山铺。

脚山铺在全州以南16公里，界首以北30公里处。由于二师五团贻误了战机，全州被刘建绪抢先占领，红军只能在全州以南抢占有利地形。四

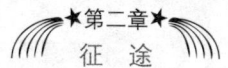

团的战士们没有时间吃晚饭,一边啃干粮,一边顺着公路向北跑30公里,奔袭脚山铺。这30公里生命通道,既是红军战士生存的通道,也是他们用生命换来的通道。

这天晚上,右翼红一军团主力已经全部到达湘江4个渡河地点,左翼红三军团的前锋红四师占领了界首以南的光华铺,红八、红九军团也改道向红一、红三军团靠拢。从界首到脚山铺的这条30公里长的通道上,联络的军号声、战马的嘶鸣声、嘈杂的口令声、奔跑的脚步声,充斥着这个黑夜,也预示着一场血战将在这里拉开序幕。

11月27日,军委纵队进入广西境内的文市镇,距离既定的湘江渡口还有70公里。敌人从南、北、东三面包围而来,西面就是湘江,只有快速过江才是唯一出路。但22日桂军南撤形成的空旷地带此时已逐渐消失,红军

★湘江战役纪念碑

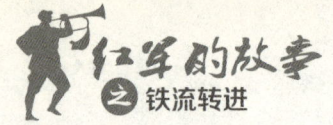

失去了以最小代价西渡湘江的机会。

中央军委对湘江战役的具体部署是，红一军团由林彪和聂荣臻指挥，在右翼距离全州 16 公里的鲁班桥、脚山铺一线构成第一道阻击阵地，阻挡湘军从全州南下进攻；红三军团由彭德怀和杨尚昆指挥，在左翼的界首、新圩一线构筑阻击阵地，阻挡桂军向北进攻。

11 月 28 日，湘江战役第二天。

最先与红军交火的是南面阻击方向上的桂军。在新圩通往湘江渡口的一条公路两侧，红三军团第五师利用仅有的丘陵地形开展阻击战。彭德怀给五师师长的命令是，不惜一切代价在这里坚持 4 天。

红三军团第五师是从 1929 年 12 月广西百色起义的部队发展而来的，原来是桂军的警备大队和教导队，可谓是桂军中的精华，所以这支部队从师长李天佑到战士大部分都是广西人。面对"猛如老虎恶如狼"的桂军，红军战士显得更加顽强。桂军依仗优势火力，夺取了公路附近的几个小山包，但付出了伤亡 500 人的惨重代价。时任五师十五团政委的罗元发回忆道："敌人离我们很近，炮火打得到处烟雾漫天，很快就分不清敌我战线了。一营阵地前面的战斗最激烈，当敌人一个营的兵力冲上来以后，被我们打了下去，随后整营整团的敌人就暴露在我军阵地前，向我军前沿冲击，很快就冲到我军前沿阵地几十米处。我炮兵营的大炮猛烈地向敌人发起轰击，炸弹声和我们的手榴弹声连成一片。经过激烈的战斗，敌人伤亡惨重，惊慌溃退。第一天的战斗，我们打垮了敌人的多次进攻，阵地前留下了遍地尸体，我团也伤亡 130 多人。"

在红一军团的阻击战场上，担任阻击任务的二师刚刚挖好工事，湘军就开始了攻击，炮弹和飞机投弹此起彼伏。对长期在山里打游击的红军战士来说，他们从没见过如此激烈的战争场面，巨大的爆炸声把阵地上的官

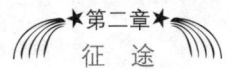

兵震得耳鼻出血。随后湘军的地面攻击开始了。湘军以为红军战士肯定被炸得伤亡惨重,便一股脑地从山下冲上来,但当湘军离阵地很近时,红军从战壕里跃起突然开火,打退了敌人的多次进攻。战斗非常激烈,双方多次发生近距离肉搏,厮杀声一浪高过一浪。

在南北两条战线上,红军战士用生命阻挡着国民党军队洪水般的冲击。从界首到脚山铺一线的湘江渡口,在静静地等候红军渡江,但仍然没有红军的身影,战场上的指挥员们也急切地想知道军委纵队走到哪里了。谁知,28日清晨,军委纵队从文市镇出发,29日到达石塘圩,一天一夜仅仅前进了不到20公里。

11月29日,湘江战役第三天。

天刚亮,桂军对新圩的攻击又开始了。在飞机大炮的猛烈攻击下,红军战士誓死保卫阵地,五师战士们的誓言就是,只要有一个人还活着,就不会丢掉阵地。师长李天佑用望远镜从指挥所里焦急地向外察看,只见前面几个山包都有敌人冲上去,他的表情凝重,心在滴血,因为他知道,那表明他的战士全部阵亡了。十五团的团长、政委都负伤了,2个营长也牺牲了,全团伤亡达500人,五师政委钟赤兵亲自冲上十五团阵地指挥战斗。十四团团长黄冕昌刚刚当面接受了师长李天佑布

★李天佑(左)和钟赤兵(右)

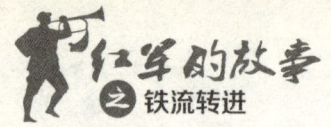

置的反冲击任务，李天佑回到师部不一会儿，十四团前线就打来电话，一个连长报告："团长在和敌人的搏斗中牺牲了。"李天佑脑袋"嗡"了一声，电话里后来说了什么他完全听不到了，提着枪就冲出了指挥所。

界首是红三军团的另一个阻击点，位于最前沿的是第四师第十团，彭德怀、杨尚昆的指挥所也离阵地不远，而他们身后几百米，就是军委纵队和红九军团渡江的渡口。十团的战斗早已进入肉搏阶段，团长沈述清带领官兵多次反冲击，在最后一次冲锋中身中数弹，倒在血泊中。彭德怀当即任命四师参谋长杜中美担任十团团长，可没到半天的工夫，杜中美也牺牲了。

在北面红一军团的阵地上，红一师的第一道防线被敌人突破，奉命向第二道阻击阵地转移。转移的时候，2个营来不及撤退，陷入了敌人的包围中，其中一个营突围无望，被冲散的队伍在营长带领下向深山密林间撤退。在红二师的阵地上，五团政委易荡平率领2个连坚持战斗到最后一刻，直至与数倍于己的敌人肉搏后全部壮烈牺牲。四团在团长耿飚的带领下，也与敌人杀成一片。杨成武也在此次战斗中被一连串子弹打倒，数名战士冒死救回了杨政委。

这一天，南北两条阻击线上，红军战士们在用生命换取湘江渡口上宝贵的每一分每一秒，而军委纵队距离湘江渡口还有30公里。

11月30日，湘江战役第四天。

红一军团动用了预备队第六团。各师各团的建制严重不完整，一个团不一定能比一个营的人多，而且激战中，官兵们要么血肉模糊，要么满脸炮灰泥土，难以辨认谁是谁的兵，谁又是谁的首长。战士们听到哪里有冲锋的号角就冲向哪里，哪里有拿手枪的带头冲击就杀向哪里。红一军团军团长林彪和政委聂荣臻当晚联合署名，直接给朱德发了一封"星夜兼程过

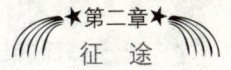

河"的电报,要求军委纵队和仍在湘江东岸的红军部队无论如何要在30日晚渡过湘江,因为他们深知红一军团的作战能力已经快到极限。

但凌晨过后,中革军委连发两封电报,后一封更是由中共中央、中革军委、红军总政治部联名致电红一军团和红三军团的:

林、聂、彭、杨:

一日战斗,关系我野战军全部西进,胜利可开辟今后的发展前途,退则我野战军将被敌层层切断。我一、三军团首长及其政治部,应连夜派遣政工人员分入到各连队去进行战斗鼓动,要动员全体指战员认识今日作战的意义。我们不为胜利者,即为战败者,胜负关系全局。人人要奋起作战的最高勇气,不顾一切牺牲,克服疲惫现象,以坚决的突击执行进攻与消灭敌人的任务,保证军委一号一时半作战命令全部实现。打退敌人占领的地方,消灭敌人进攻的部队,开辟西进的道路,保证我野战军全部突过封锁线,应是今日作战的基本口号。望高举着胜利的旗帜向着火线上去!

中央局

军委

总政

十二月一日三时半

电报言外之意:这是一次生死存亡的决定性战斗,我军毫无退路,必须不顾任何牺牲,背水一战!其语气之沉重,措辞之严厉,为军史罕见。

12月1日,湘江战役第五天。

从11月30日上午开始,军委纵队开始渡江。但此时的渡江通道已经被严重压缩,12月1日凌晨,渡江通道几乎被压缩到即将完全封闭。来到

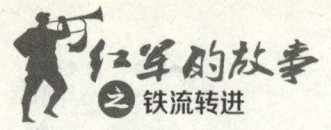

湘江渡口的博古、李德被眼前的景象震惊了：天上数十架敌机轮番轰炸，江面上的浮桥被炸成一节一节，在水上时隐时现；桥上桥下都是过江的人群、马匹，散落的包裹、箱子，以及上游冲下来的人的尸体和血水混合着流过眼前。南北两侧几百米外，依稀能听到混乱的冲杀声和炮弹落地后的爆炸声。这是极其惨烈的战争场面，没有经历过战争的人永远无法想象，亲眼见过的人也无法用准确的语言来形容。

红一军团的当面之敌湘军李觉部穿插至红一师和红二师的中间，将红一军团防线撕开了一道口子，然后悄悄迂回至脚山铺南面隐蔽在山坡上的红一军团指挥所。林彪等人毫无战斗准备，警卫员突然报告："敌人爬上来了！"聂荣臻不信，出去一看，黑压压一片的敌人几乎冲到眼前与他们拼刺刀了，林彪、聂荣臻、左权纷纷拔枪向敌人连发，带领直属队一面阻击一面撤离。这应是红一军团司令部接敌最近也是最危险的一次。

红三军团新圩阵地丢失，使得渡江通道南侧新圩至界首一段的防线被冲垮，只剩界首一个点在阻击敌人，而尾随红三军团西进的红九军团和红八军团直接受到敌人的冲击。红八军团被2个师的桂军包围冲散，军团宣传部部长莫文骅带领一部分官兵向湘江方向奔去，连续奔袭30公里，才来到一片狼藉的湘江岸边，在与尾追敌军肉搏数次、激战几个小时后，终于杀出一条血路。而红八军团政治部主任罗荣桓，在12月1日下午才带领一部分官兵摆脱敌人的追击到达湘江岸边，此时已没有什么渡口和浮桥，只能纵身一跃，跳入冰冷的河水，深一脚浅一脚地向对岸奔去。终于踏上湘江西岸的时候，罗荣桓转过身来，发现跟在身后的只剩下一个年龄很小的红军战士，这位红军战士的肩上还扛着一架油印机。而其他红军官兵都永远地留在了湘江对岸或随江水远去。

牺牲最为惨烈的是被阻隔在湘江东岸的红五军团第三十四师和红三军

团第六师第十八团,第三十四师是全军的后卫部队。当 11 月 25 日军委纵队离开道县时,红五军团留在道县以东地区,按军委的部署"坚决阻止尾追之敌",掩护军委纵队和红八军团,成为整个中央红军的后卫。

红五军团首长离开道县的时候,有种不祥的预感,毕竟后卫任务艰巨,一旦红一、红三军团全部撤离,就意味着几十万敌军会包围并毫不犹豫地消灭红五军团这支湘江东岸仅存的红军队伍。因此,临行前军团首长与第三十四师的干部们一一惜别,并反复叮嘱:"万一被敌截断,返回湖南发展游击战争。但全军团更期待你们完成任务后迅速过江,把战士们安全带回来。"而这一别竟是永别。

12 月 1 日,当红三军团第三十四师接到渡江命令时,其阻击阵地距离湘江渡口至少 75 公里以上,且通往渡口的所有道路已被敌人占领。这支孤立无援的部队毫无悬念地被数倍于己的敌军包围,全军覆没。师长陈树湘在战斗中因腹部中弹被俘,他把手伸进腹部的伤口,一把扯断肠子,宁死不屈。

1934 年 11 月 27 日至 12 月 1 日,中央红军苦战五昼夜,从广西全州、兴安间抢渡湘江,突破了国民党军的第四道封锁线,粉碎了蒋介石围歼红军于湘江以东的企图。渡过湘江后,中央红军和军委两纵队,已由出发时的 86000

★陈树湘雕像

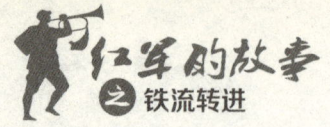

人锐减到30000人,湘江的水被红军将士的鲜血染红了。全州旁边湘江转弯处的岳王塘,红军尸体密密麻麻,一眼望去,湘江就是灰色的。

红军虽然在湘江边死伤惨重,但终究渡河而去。从这个意义上来讲,湘江战役我们是胜利的,国民党军是失败的。所以湘江战役后,湘、桂两军与蒋介石之间为红军渡江成功的责任而相互推诿扯皮。

渡过湘江的红军,暂时摆脱了国民党军的穷追猛打,进入老山界。但红军战士们并未因冲破封锁而庆幸,战场的硝烟和血肉横飞的厮杀场面依旧在脑海反复重现,他们默默前行在陡峭山石间,悲戚的情绪如同山间雾霭,在红军队伍中扩散。

前路茫茫,红军又该向哪里走?前方,还会不会有如湘江血战这般几近绝路的遭遇呢?毛泽东的一组小诗《十六字令》表达了此刻大多数人的心情:

山,快马加鞭未下鞍。惊回首,离天三尺三。
山,倒海翻江卷巨澜。奔腾急,万马战犹酣。
山,刺破青天锷未残。天欲堕,赖以拄其间。

通道筹谋

1934年的冬天,对红军官兵来说应该格外寒冷,因为经历了太多的失败与惨烈、血拼与离别、彷徨与无助,热火朝天的革命热情像被泼了一盆冰水,寒意刺骨。然而,"冬天来了,春天还会远吗"?

惨烈的湘江一战,让红军将士们捶胸顿足,也让党中央的高层们在痛定思痛之后,愈加冷静,愈感肩上的任务之重。面对红军完全有可能全军

覆没的危险，大多数人甚至包括曾经与"左"倾路线站在同一个战壕的同志，也开始不满最高"三人团"的领导。毛泽东感到，是时候挺身而出了。他开始谨慎地在中央政治局内寻找战友。

最早明确赞同毛泽东的是王稼祥和张闻天。他们都曾就读于莫斯科中山大学，因对国内革命斗争的情况不够了解，盲目地支持和拥护当时共产国际的某些错误观点，误入了以王明为代表的"左"倾教条主义错误路线的阵营。

但在苏区的工作实践中，王稼祥对毛泽东阐述的建军思想和斗争经验有了更深的理解和认同，逐渐与"左"倾错误路线分道扬镳。王稼祥早在批判毛泽东的宁都会议上，就公开站出来支持和肯定毛泽东的战略思想和战术方针。长征开始后，毛泽东因疾病原因需坐担架行军，而王稼祥也因腹部受伤化脓一直躺在担架上，两人的担架常常同行，创造了沟通思想的良机。

战略转移开始之后，王稼祥也对打败仗耿耿于怀，对李德的指挥颇有意见，见了毛泽东更是免不了抱怨。

王稼祥说："再让李德他们这样指挥下去，可不得了！"

毛泽东紧接着说："那么依你之见，该如何摆脱面临的困境呢？"

王稼祥说："我正在考虑，这样败下去是不行的，所以要请教你。"

毛泽东稍作考虑后，就和他分析起当前的形势："蒋介石已经布置好了一个大口袋，引诱着我们去钻，可是我们的发号施令者，就是看不见这危险，或者是看见了却无法改变，非要钻进去不可，你说他傻不傻？"

王稼祥点头说道："博古本来就不会带兵，李德虽有丰富的军事学识，却对目前形势视若无睹，进入苏区以来尽瞎指挥！绝不能让李德再瞎指

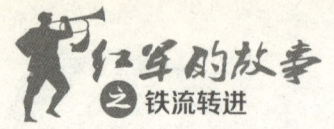

挥了!"

就这样,毛泽东首先和王稼祥达成了改变红军前进方向和路线的一致看法。

张闻天虽然与博古是在莫斯科中山大学留学的同学,但他对于博古、李德的指挥也十分不满,早在1934年5月召开的一次军委会议上,张闻天就批评在广昌战斗中"不该同敌人死拼",使红军主力遭受不应有的损失。博古不但不接受批评,反而指责张闻天和普列汉诺夫反对1905年俄国工人武装暴动一样,是机会主义思想。两个人在会上争执起来,结果不欢而散。

由于孔荷宠的叛变,1934年8月开始,瑞金的中央机关遭到敌机轰炸,中共中央被迫迁往云石山。云石山上的云山古寺就成为被冷落的毛泽东和张闻天的住处。坐在云山古寺的石凳上,张闻天向毛泽东诉说了被指责为"普列汉诺夫"的苦闷。这段经历也成就了两人日后情感上的亲近和政治上的信赖。

长征途中,毛泽东、张闻天、王稼祥三个人不仅行军在一起,而且宿营在一起,一有时间就讨论问题,有时甚至躺在被窝里彻夜长谈。毛泽东一点点地分析第五次反"围剿"为什么失败,红军为什么走到今天这一步,逐渐取得了张闻天、王稼祥的认同。于是,以毛泽东为首的反对李德、博古最高"三人团"的"铁三角集团"形成了,这为后来转变进军方向,改换红军领导奠定了必要的基础。

湘江战役之后,从翻越广西北部越城岭的老山界起,中共中央领导内部的争论就公开化了。面对进军方向的不同意见,周恩来决定在湘桂黔交界的通道县,召集政治局的同志讨论红军出路的问题。选择的这个地点本身也颇具深意,因为这里北可通湖南,西可进贵州,南则入广西,是一个贯通三省的地方。

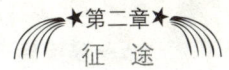

在通道会议上,李德照例先阐述了自己的意见:中央红军从通道向北,去与转战湖南西部的红二、红六军团会合,在湘黔川建立根据地,再向敌人进攻。这是中革军委军事决策中心(最高"三人团")在转移一开始就确定了的路线,李德的阐述并没有任何新的内容,更没有根据敌情对行军路线进行调整。

接着,毛泽东后发制人,反问道:"红军在湘江遭受巨大损失又怎能与30万敌军打仗呢?蒋介石在那里请君入瓮,我们就乖乖地去入他的瓮,岂不是傻瓜!"

毛泽东的意见是,中央红军绝不能向北,因为中央红军要与红二、红六军团会合的企图已经不是什么秘密,越来越多的情报显示,在那个方向上国民党军的数道封锁线已经设置完毕。因此,中央红军必须放弃与红二、红六军团会合的念头,应该继续向西进入贵州,争取在贵州东北部寻找一个可以立足的区域,或者说建立一个新的革命根据地。

毛泽东发言后,王稼祥从担架上起身说:"我同意毛泽东的意见,改变战略方针才是出路。"接着,张闻天、朱德、刘伯承、彭德怀等人也都表示赞成毛泽东的意见。

博古见自己的意见难以服众,刚开会时的盛气凌人也消失殆尽,无精打采地问:"不按原方案

★通道会议旧址——恭城书院

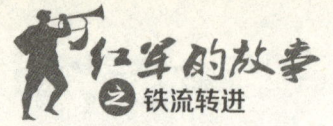

走,那红军往哪里去?"

毛泽东果断指出:"黔省防御力量薄弱,国民党二十五军军长王家烈不堪一击,红军可进兵贵州,争取变被动为主动。"

张闻天、王稼祥也马上说:"赞成,进军贵州。"最后,周恩来也觉得只有改变进军方向才能摆脱困境。红军进入贵州直取黎平,这是毛泽东自宁都会议以来第一次在重大问题上得到多数人的认可。

共产党高层在通道县的讨论具有重要的历史意义:在成千上万的红军献出了生命之后,毛泽东终于获得了表达自己主张的机会,这说明共产党高层正发生着一种微妙的变化。在以往很长一段时间里,参与重大决策的仅限于3个人,而此时有更多的人参与讨论了。对毛泽东来说,自1932年宁都会议以后,这是他第一次参加高层军事会议。从这个意义上说,这次紧急会议的确称得上中国革命发生转折的开端,但由于当时在场的人没有重视这次讨论,因而没有留下任何文字记录。不过对于毛泽东的意见,博古和李德是不赞成的,他们在此后的多次会议中一直坚持自己的观点,因此关于红军的进军方向这一问题仍需要通过政治局会议正式确定,于是就有了接下来的黎平会议。

黎平,黔东南紧靠湖南的一个边界小城,是贵州东进"两湖"、南下"两广"的桥头堡,周围群山环绕、层峦叠翠。12月13日,红一军团的2个团在黎平附近击退了黔军的周芳仁部1个营后,很顺利地攻下黎平县城。

在黎平,红军官兵们得到了适当的休整,补充给养,而共产党高层也终于有时间坐下来正式开一个政治局会议,继续讨论红军前进方向的问题。

12月18日,在黎平县城一个大户人家修的教堂里,中共中央政治局会议召开,会议由周恩来主持。博古首先发言。他建议从贵州向北,进入湖南,与红二、红六军团会合,然后在湘西建立一个新的革命根据地。接

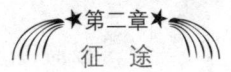

着，红军各个军团的领导发言，他们此时还沉浸在湘江一战红军损失过半的悲痛之中，所以一直在谈论红军为什么走到如此地步。他们的情绪让代表"三人团"主持军委工作的周恩来意识到，到了"该算算账"的时候了。

毛泽东则坚决反对博古的意见，他提议继续向贵州西北进军，击溃黔军北部地区的防线，夺取遵义，在川黔边建立新的根据地。如果这个计划得以实现，向北偏西可以与红四方面军会合，向北偏东可以与红二、红六军团相互策应。他还搬出斯大林的话，说斯大林在1930年就建议中国红军向四川发展，现在看来很英明，四川盆地富饶且高山环绕，在地理位置上相对独立，可以自给自足开展游击战并建立根据地。此时援引斯大林的话显然是毛泽东经过缜密思考的，为的就是让博古、李德这些向来把共产国际奉若神明的"真正的布尔什维克"信服毛泽东的观点。

参会的政治局成员和列席会议的红军将领们在毛泽东论述之后，都觉

★黎平会议纪念馆

得很有道理。最终，会议通过了《中央政治局关于战略方针之决定》。其中明确新的根据地，应该是川黔边区，在以遵义为中心之地区，在不利的条件下应该转移至遵义地区。

黎平会议以中央政治局的集体决定取代了最高"三人团"长期以来的专断，并以毛泽东的意见为主导，表明参加会议的大多数政治局成员和各军团的主要将领在思想上越来越倾向于认同毛泽东的指挥方法，这就为遵义会议的顺利召开奠定了思想基础。

作为长征路上第一次中央政治局会议，黎平会议虽然就党和红军的下一步发展方向做了初步明确，但还没有触及中国共产党和中国工农红军所存在的最严重的领导层问题。如果博古、李德的领导核心位置仍然没有任何变化，这就没有从根本上改变党和红军危在旦夕的命运。因此，后面发生的事情，更加坚定了周恩来、张闻天、毛泽东、王稼祥等人更换党中央领导核心的决心。

在黎平休整了6天之后，中央红军开始向遵义方向移动。一路上，除了军委纵队遭遇一小股敌人偷袭外，大部分时间进军顺利。右翼是红一军团和红九军团，12月25日进攻施秉和镇远，红九军团跟随红一军团并配合其行动；左翼是红三军团，12月24日到达台拱以南地域；军委纵队在中间行进，红五军团仍然担任中央红军的后卫任务。此时中央红军距离遵义城还有140公里。

12月29日，红三军团第四师第十团在浓浓的大雾中攻占了瓮安县城，虽然没有遇到敌人的埋伏，却让敌人借助大雾在百米之外神不知鬼不觉地逃走了。不过进入贵州后，红军也确实领教了黔军如羔羊一般的战斗力。虽然黔军军阀王家烈部的武器装备精良，但当地不论男女老少吸食大烟的不良习气使黔军毫无战斗力可言，红军稍有攻城行动，守城官兵无论民团

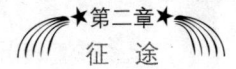

还是王家烈的精锐部队，几乎不假思索地弃城逃跑，更不用说研究什么战略战术了。

虽然经过黎平会议的讨论，大部分人赞成向黔西北进军，但李德、博古此后又反复提出要掉回头与红二、红六军团会合，这让张闻天和王稼祥等人感到，如果让李德、博古继续指挥下去，红军依旧前途未卜。

那时正是南方橘子收获的季节，军委纵队行军至黄平的一片橘子林，天气晴好，橘香四溢，但坐在担架上的张闻天与躺在担架上的王稼祥看着黄澄澄的橘子，心情却难以平复。

这时王稼祥问张闻天："我们这次转移的最后目标中央究竟定在什么地方？"张闻天忧心忡忡地回答："唉，也没有个目标。这个仗看起来这样打下去不行。"他接着又说道："毛泽东同志打仗有办法，比我们有办法，我们是领导不了啦，还是要毛泽东同志出来。"王稼祥当即表示赞同。于是，当天晚上王稼祥首先打电话给彭德怀，然后又告诉毛泽东，经几个人一传，红军的几位将领就都知道了，大家都赞成开个会，改换领导的时机到了。

12月31日，苦难的1934年终于要过去了。在贵州中部瓮安县的猴场，红军战士们正在集市上欢快地筹备阳历新年，中央政治局会议再一次静静地召开，这就是"猴场会议"。

会上，毛泽东态度坚决地批评博古、李德企图随意修改黎平会议上中央政治局做出的决议，重申这种恶劣的作风是违反组织原则的。确实如此，自从"三人团"成立以来，民主集中制的组织原则就被博古、李德抛之脑后。此时，博古、李德再次提出杀回头与红二、红六军团会合的建议被大多数与会者否决，大家认为黎平会议的决定是正确的，红军要无条件地予以执行。会后，周恩来根据毛泽东的建议，引导会议做出了一个决议，即《中共中央政治局关于渡江后新的行动方针的决定》，其中最突出的一句话

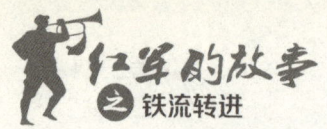

★猴场会议会址

是:"关于作战方针,以及作战时间与地点的选择,军委必须在政治局会议上作报告。"这就明确了关于重大军事行动的决定必须通过政治局会议才能执行,不能再由"三人团"独揽大权。

毛泽东与党内"左"倾路线的斗争,是经过了通道会议、黎平会议、猴场会议三次预备战斗的铺垫,才有了遵义会议上对"左"倾错误路线的决定性胜利。

拓展阅读

王稼祥（1906—1974），安徽省泾县厚岸村人，原名王嘉祥，曾用名王稼啬。

1924年春，王稼祥就读于芜湖圣雅阁中学高中部，参加领导学生反帝爱国斗争。1925年9月，他进入上海大学附中部高三班学习，任学生代表，参加附中学生会领导机构，不久加入中国共青团。1928年2月，王稼祥转为中国共产党党员。同年秋，考入苏联红色教授学院学习并在中山大学任教讲授中国问题。1930年3月，王稼祥回国，在上海担任中共中央宣传部干事，担任党报《红旗报》编辑工作，7月至11月在香港任《红旗报》记者，11月调回上海任中共中央宣传部秘书。1931年1月，王稼祥出席中共六届四中全会，任中共中央党报委员会秘书长，兼《红旗日报》《实话》总编辑。同年4月进入中央革命根据地，任中共苏区中央局委员、政治保卫处处长。1934年1月，在中共六届五中全会上，王稼祥被增选为中央委员、中央政治局候补委员，10月带伤参加长征。

1935年1月在遵义会议上，王稼祥支持和拥护以毛泽东为代表的正确路线，会后被增选为中央政治局委员，并同毛泽东、周恩来组成中央三人军事领导小组（又称"三人团"），负责指挥全军行动。1937年7月，王稼祥去往莫斯科治病，参加中共驻共产国际代表团的工作。他于1938年8月回到延安，同月至1945年8月任中共中央军委总政治部主任兼代八路军总政治部主任。

　　1943年7月,王稼祥发表《中国共产党与中国民族解放的道路》一文,首次提出"毛泽东思想"的科学概念并做了正确阐述。中华人民共和国成立后,王稼祥被任命为中国首任驻苏联大使,兼任外交部副部长。

　　1956年9月,王稼祥在中共第八次全国代表大会上当选为中央委员,在中共八届一中全会上当选为中央书记处书记。在"文革"中受到迫害,1974年1月25日在北京因病去世。1979年3月被平反。

第三章 希 望

遵义会议纠正了党内"左"倾机会主义路线的错误,重新确立了以毛泽东为代表的正确路线,挽救了党,挽救了红军,挽救了中国革命。四渡赤水、巧渡金沙江、抢渡乌江、强渡大渡河,危急之中屡出奇兵,展示了毛泽东高超的军事指挥艺术,为中国革命带来了希望。

遵义重塑

革命从来不是一帆风顺的,一场伟大的革命也不可能不出现任何曲折与失误。红军长征就是自遭受第五次反"围剿"失败的巨大挫折开始的,又是从遵义会议走向胜利的。这一事实再一次证明,胜利可以转化为挫折,反之,挫折也可以转化为胜利,关键是路线正确与否。这就是历史,在盘旋回转中不断地向前推进。

在猴场会议之后,党和红军的高层坚信,毛泽东将成为接下来中国共产党和中国工农红军新的领导核心。毛泽东的警卫员还发现了另一个微妙的变化:在猴场过新年的时候,毛泽东分配到的房子是长征路上毛泽东住过的最好的房子,比在中央苏区住的房子还要好。这应该是大户人家的祠堂,有很大的院子,四周都是厢房,院子的地面还铺了整齐的方砖。

新年夜,虽然警卫员准备了丰盛的晚餐,打算在这里过一个快乐的新

红军的故事 之 铁流转进

★ 乌江

年,但军情紧急,天还没亮,毛泽东和军委纵队就启程了,直奔乌江。

紧急的军情就是,薛岳率领的中央军 8 个师也进入了贵州,已经行进到贵阳以东 90 公里,猴场东南 100 公里处的马场坪。毛泽东此时在心里反复告诫自己:"乌江千万不能成为另一条湘江。"

乌江,发源于贵州西部威宁的草海,自西南向东北贯穿贵州,横在贵阳向北通往遵义的必经之路上,是贵州省内最大的一条河流。乌江两岸是悬崖峭壁,易守难攻。乌江江道曲折,水流湍急,自古从没有桥梁连接两岸,是遵义城的天然屏障,故有"乌江天堑"的说法。

中革军委派红一军团和红三军团分别抢占乌江边的三个渡口。寒冬时节,乌江笼罩在一片浓雾之中,江面寒气逼人,江水冰冷刺骨。1935 年 1 月 1 日凌晨,先头部队到达乌江岸边,急切地想找到渡船,但找遍了附近村庄,都没有找到一片木板。当地村民说,渡乌江需要具备三个条件:大木船、大晴天和好船夫。但此时,红军一条船都没有,又该怎样在敌人的炮火中渡过天堑呢?

在江界河渡口抢渡的是红一军团二师四团——耿飚带领的精锐部队。耿飚先是派出了 8 个水性好的战士组成突击队,拉着绳子泅渡过江,但敌人在大雾中乱发一阵炮弹,居然把绳子打断了,8 个突击队员被江水冲到下游。入夜,耿飚再次组织 3 只竹筏向对岸悄悄划去,但直至下半夜,仍没有听到对岸传来作为到达对岸信号的枪声。

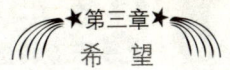

在回龙场渡口,杨得志带领红一军团一师一团准备强渡。8名突击队员冒着枪林弹雨向对面划去,但竹筏还没到江心就被江浪冲翻。一营营长孙继先再次组织强渡,并立下军令状:"就是剩一个人,也要过去,无论如何咱们要过去!"竹排消失在大雾中,一片寂静之后,对岸传来两声枪响,过了一会儿,又是两声,这是突击队已经到达对岸的信号。

在地势最险要、敌人守备力量最强大的茶山关渡口,红三军团五师担负抢渡任务。五师在岸上集中十几门迫击炮和所有轻重机枪向敌人猛烈射击,江面上3个团的侦察排在炮火掩护下武装泅渡。当泅渡的官兵猛然从水中跃出,枪口近在咫尺的时候,前沿阵地上的黔军被红军战士的勇猛吓傻了,掉头就跑。紧接着,乌江江面上冲锋号骤然响起,喊杀声震天,茶山关渡口被红军控制。

1月2日,红军总参谋长刘伯承在耿飚负责的江界河渡口组织工兵架设浮桥。黔军炮火异常猛烈,浮桥随时可能功亏一篑。二连连长一声呐喊,带着一个机枪班跳入江中直扑对岸。这时,对岸山崖下突然响起枪声,但枪口不是对着红军这边,而是对着黔军的阻击点。原来这是前一天乘竹筏到达对岸的突击队员,当时3只竹筏中虽然有2只被江水冲垮,但还有1只竹筏安全过江,战士们潜伏下来等待协助主力部队。在炮火的掩护下,四团又一批突击队员上岸了,于是黔军又上演了一出丢盔弃甲大逃亡的戏。

1月3日,刘伯承带领的工兵营用了36个小时架设好浮桥,这是开天辟地的大事,因为以前从来没有人成功地在乌江上架设过一座桥梁。对岸阻击的黔军和乌江两岸的百姓面对横跨两岸、状似蜈蚣的浮桥都惊呆了。刘伯承在乌江边走了几个来回,说道:"好!红军里面有神仙!"同日,军委纵队在几乎没有追兵的情况下,顺利过江,没有重蹈湘江覆辙。

军委领导也疑惑:薛岳在3天前就已行军至距猴场仅100公里的马场

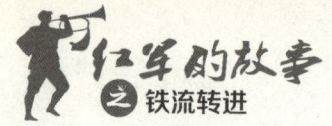

坪，怎么还没有追击红军的迹象呢？这十几万的追兵又追到哪里去了呢？

原来，薛岳刚到马场坪就收到了蒋介石的电报。蒋介石在电报里向薛岳布置了此次进入贵州的主要任务："乘黔军新败之余，以急行军长驱进占贵阳。"收到这封电报后，薛岳就明白了蒋介石派他进入贵州的真正意图。随即，他给王家烈和中央军各部队长官分别发了一封电报。在给王家烈的电报里，薛岳请王家烈调集主力速向瓮安、紫江（今开阳县内）一带"截剿"红军。而在给中央军各部队长官的电报中，薛岳借口"免匪窜犯贵阳，而保我中心城市"，命令各部队迅速向西追剿，并特别指出"不得向友军宣泄，希遵办"。蒋介石的葫芦里卖的什么药，明眼人一看便知，就是蒙了那个带着黔军去"截剿"红军的王家烈。在蒋介石心目中，把王家烈的贵阳占了，远比把中央红军消灭了更紧迫。

这一段电报内容，深刻地揭示了20世纪二三十年代，半殖民地半封建社会的中国复杂微妙的政治格局。正如毛泽东1928年在《中国的红色政权为什么能够存在？》一文中所论述的那样："帝国主义和国内买办豪绅阶级支持着的各派新旧军阀，从民国元年以来，相互间进行着继续不断的战争，这是半殖民地中国的特征之一……我们只须知道中国白色政权的分裂和战争是继续不断的，则红色政权的发生、存在并且日益发展，便是无疑的了。"

1935年1月6日晚，红一军团二师六团团长朱水秋和政委王集成，在几个受感化的黔军俘虏兵的帮助下，带领部队化装成敌人，利用俘虏诈城，几乎不费一枪一弹，就智取了这个中国革命史上具有里程碑意义的城市——遵义。

遵义，北倚娄山，南临乌江，地势险要，为黔北重镇，是红军长征途中攻占的第一个较大城市。在这里，红军终于可以做短暂休整、筹集补给，

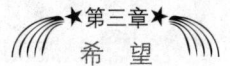

也可以坐下来商量下一步怎么办。

1935年1月15日,遵义会议在黔军军阀柏辉章的公馆二楼客厅召开。在接下来的3天里,从晚饭后直到深夜,这个客厅灯火通明,传出的声音时高时低,可见争论异常激烈。

★遵义会议会址

参加会议的有博古、周恩来、张闻天、毛泽东、朱德、陈云等中央政治局委员,王稼祥、邓发、刘少奇、凯丰(何克全)等中央政治局候补委员,中共中央秘书长邓小平,红军总部和各军团负责人刘伯承(红军总参谋长)、李富春(总政治部代主任)、林彪(红一军团军团长)、聂荣臻(红一军团政委)、彭德怀(红三军团军团长)、杨尚昆(红三军团政委)、李卓然(红五军团政委)等。此外,共产国际军事顾问李德和翻译伍修权也出席了会议。

这次会议的中心议题主要有两个:一是"讨论失败",二是"改换领导"。因为这都是事关红军前途命运的重要问题,所以在开会前博古、周恩来、张闻天、毛泽东、王稼祥等人都做了认真的准备,激烈的交锋蓄势待发。

会议由博古主持,也由他首先代表中央作关于第五次反"围剿"的总结报告。他首先承认第五次反"围剿"的失败,他是有责任的,但并没有认真检讨在军事指挥上错在哪里,而是大篇幅地强调国民党力量的强大、

红军后勤供应太差等问题。其实博古心里十分清楚自己应该承担绝大部分责任，但自己毕竟是执行共产国际的指示，这让他感到左右为难。博古的这份报告同样没有让在座的同志满意，大家的脸上流露出了不满和失望。

随后，周恩来作了关于第五次反"围剿"军事问题的副报告。与博古的态度完全相反，周恩来认真地分析了第五次反"围剿"失败在战略战术上的原因，并把军事指挥上的责任勇敢地承担下来，欢迎大家批评。

博古和周恩来对待错误的态度形成了巨大反差，这让持"左"倾态度的李德、博古、凯丰（何克全）顿感压力，无地自容。而毛泽东、张闻天等人也做好了针锋相对的战斗准备。

首先是张闻天发言。他从口袋里掏出准备好的发言提纲，点名道姓，矛头直指博古、李德。这是遵义会议前，毛泽东、张闻天和王稼祥共同准备的，是以毛泽东的思想为主导的。之所以由张闻天发言，是因为他是书记处书记，在政治局常委中地位仅次于博古，说话的分量自然就重。他作的"反报告"旗帜鲜明且有理有据地批判第五次反"围剿"和长征途中错误的军事指挥，为遵义会议彻底否定"左"倾的军事路线定下了基调。他最后指出，博古代表中央领导军委工作，对于华夫（李德的另一个中文名）在指挥上的错误不但没有及时地纠正，反而积极地拥护，在这方面应负主要责任。

张闻天的报告，言辞犀利，逻辑严整，环环相扣，剑锋直指博古，不仅让博古哑口无言，更是语惊四座。博古虽然对曾经的同学兼战友颇感失望，但也极认真地做着记录，也在反思错误。毛、张、王的齐心协力显然已经显示出巨大的威力。

在第二天的会议上，毛泽东首先发言。他开门见山，批评博古的报告不实事求是，是在替自己作辩护，并理性地将博古等人军事路线上的错误

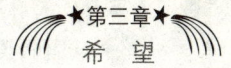

划分为三个阶段：第一阶段是进攻中的冒险主义，第二阶段是防御中的保守主义，第三阶段是转移中的逃跑主义。

随后，他又具体地分析李德的错误，批评李德不懂得中国革命战争的特点，不从中国革命战争的实际情况出发，只知道纸上谈兵。毛泽东指出：李德不考虑战士要走路，也要吃饭，也要睡觉；也不考虑行军走的是什么路，是山地、平原还是河道，只知道在地图上一画，限定时间打，这当然打不好。他还指出：博古、李德讽刺的"游击主义"和"诱敌深入"却正符合中国革命战争的基本特点，也被战争检验是成功的经验，反倒是"御敌于国门之外""先发制人""短促突击""堡垒战""消耗战"这些理论完全是不符合中国革命实际的，是错误的，最终的结果是"大规模搬家"。

毛泽东指出博古、李德在战略转移和突围行动中的错误，军事行动既没有经过政治局讨论，也没有做政治动员，而是仓促行动。

毛泽东还对李德和博古不正常的领导方法提出尖锐的批评，说他们是"把军委的集体领导完全取消"，对不同意见"不但完全忽视，而且采取各种压制的方法"。

毛泽东的分析如层层剥笋，令在场的人极为信服地频频点头。而坐在走廊边上的李德不止一次怒不可遏地打断毛泽东的发言，令会场气氛剑拔弩张，斗争达到了高潮。

后来贺子珍回忆这些日子时说到，遵义会议召开的第二天，也是最关键的一天，在静悄悄的黑夜中，她一直等呀等呀，直到听见一串急促而轻快的熟悉的脚步声。贺子珍急忙打开房门，问道："会开完啦？你……你怎么样？"显得有点语无伦次。毛泽东笑着回答："不错，今后有发言权了。"这寥寥数语，让心提到嗓子眼的贺子珍长出了一口气。

遵义会议开到此时，已是泾渭分明，针锋相对，其他人的表态直接关

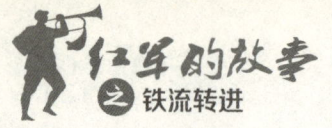

系到这场斗争的最终结果。

此时,一直躺在藤椅上的王稼祥,忍痛艰难地站起来,大声说道:"我同意毛泽东的发言……我认为,李德同志不适宜再领导军事了,应该撤销他军事上的指挥权,毛泽东同志应该参与军事指挥。"早在猴场会议之前,在黄平的那片橘子林里,张闻天和王稼祥利用休息间隙,讨论当前形势时,就认准"毛泽东同志打仗有办法,……,还是要毛泽东同志出来"。王稼祥是在中央苏区时从教条主义、宗派主义阵营中冲出来的第一人,也是关键时刻提出让毛泽东领导军队的第一人。

接着,张闻天对毛泽东的报告简明扼要地表明了自己的态度。最后,他提高嗓门说:"实践证明,用马列主义解决中国革命问题,还是毛泽东行。我建议,必须让毛泽东出来领导。"身兼中央政治局委员、常委和书记处书记等要职的张闻天,他的表态举足轻重。

一向性格温和的周恩来也在此时公开地支持毛泽东,并一再强调自己要承担责任。他明确表态:"免去导致失败的指挥员,以获得胜利的指挥员取而代之,这是自然而然的事情……只有改变错误的领导,红军才有希望,革命才能成功。"周恩来在遵义会议上的贡献不仅仅是在会上的表态如此简单:湘江战役之后,周恩来是实际上的最高决策人,是他接受了召开遵义会议的提议,并做通了博古的工作;是他在会上主动承担责任,维护了会场的团结;是他作为最高"三人团"成员推动了"讨论失败"和"改变领导"两大动议,认可了由毛泽东领导军事工作的强烈呼声,为党以毛泽东为核心的第一代领导集体的形成起到了推动和弥合的作用。

对毛泽东的发言表达了"关键性赞同"的还有朱德、彭德怀、聂荣臻、刘伯承、李富春、杨尚昆、李卓然等,他们要么是与毛泽东多年并肩作战、生死与共的战友,要么是为长征以来红军损失惨重而痛心疾首的军团将领,

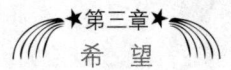

要么是长期以来受"左"倾军事路线打压的军事主官。在这次会议上,他们把长久以来的不满、委屈一股脑儿地抛出。

当然,有赞成的声音就有反对的声音,除了李德这个非正式代表之外,还有博古和凯丰(何克全)反对毛泽东的讲话,他们不同意对"左"倾军事路线的批判,瞧不起毛泽东,认为他没有喝过洋墨水,没有吃过洋面包。凯丰极其讽刺地说毛泽东:"你懂得什么是'马列主义'?顶多是看了些《孙子兵法》。"

此时的毛泽东索性反问一句:"请问凯丰同志,你可知《孙子兵法》究竟有几章?"结果凯丰也答不出来。

经过讨论,政治局扩大会议做出决议:(1)毛泽东当选为常委;(2)指定张闻天起草决议,委托给常委审查后,发到支部中讨论;(3)常委中再进行适当的分工;(4)取消"三人团",仍由最高军事首长朱德、周恩来为军事指挥者,而周恩来是"党内委托的对于指挥军事上下最后决心的负责者",毛泽东为周恩来的军事指挥上的帮助者。

会议对博古的批判虽然让他想不通,但他愿意服从组织原则,按照遵义会议确立的路线,遵守遵义会议的决议,表现出一个共产党员应有的党性觉悟。他没有因为受到挫折、受到批评而产生消极退缩情绪,而是继续竭尽全力地为党工作。两天后,他在"鸡鸣三省"的地方交出了象征领导权的一副挑子。

会后,周恩来、张闻天都认为由毛泽东接替博古领导比较合适,但毛泽东提出了不同意见。毛泽东认为张闻天在会议上系统地批评了博古和李德在军事上的错误,得到了大家的认可。最关键的是,他是莫斯科留学回来的,与王明是同学,由他来领导中央工作,王明和共产国际都不会有异议,有利于团结一大批从苏联留学归来的干部。因此,还是张闻天做领导

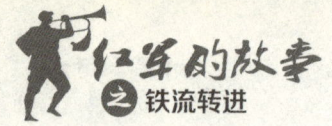

比较合适。于是，2月6日，在一个被红军称为"鸡鸣三省"的地方，博古把象征中央总书记权力的两只大铁皮箱子送到了张闻天的驻地，党和红军的最高指挥权平稳过渡。

党内路线斗争是一个新生政党蹒跚学步时不可避免的坎坷和迷途，不开展党内路线斗争，付出的代价可能是中国革命的航船走向万劫不复的深渊。开展党内斗争，就应该将原则斗争和宗派斗争区分开来，增进党内团结，避免党的分裂，在阶级敌人面前依旧是一支坚如磐石的革命队伍。毛泽东等人正是从革命大局出发，审时度势，顺势而为，适时拨转了中国革命航船的舵盘，成功地在遵义会议上挽救了党和红军，乃至中国革命。

四渡赤水

1965年，曾参加过长征的肖华回顾他在长征中的艰险经历，用时半年创作完成了12首形象生动、感情真挚的诗。随后，其中10首配曲成为组歌，描绘了10个环环相扣的战斗生活场面，给人们再现了那段艰苦却意义非凡的红军战史。其中，那首《四渡赤水出奇兵》的歌词中有这样几句："四渡赤水出奇兵……毛主席用兵真如神。"

这段对毛泽东指挥艺术出神入化的描写，让我们对毛泽东超出常人的胆识和谋略产生由衷的敬佩。但"四渡赤水"真的都是毛泽东为调动敌人有意为之的吗？真的如歌中唱的那样轻松自在吗？我们不妨来一起回顾这段历史。

红军在遵义地区前后休整了12天，时至1935年1月中旬，敌情发生急剧变化，党和红军必须采取新的对策。

一方面，蒋介石纠集了川、滇、湘、桂、黔各路军阀，连同嫡系部队

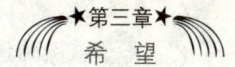

"中央军",从四面八方向红军合围。敌人的战略意图是,首先阻止中央红军与红四方面军或红二、红六军团会合,然后紧缩包围圈,压缩中央红军于长江以南、横江以东、乌江以北和以西地区,"聚而歼之"。当时的敌情不仅严重,而且敌我力量对比也极为悬殊,敌人集结了几十万重兵,控制着大小城市和交通要道,有源源不断的供给;而红军只有3万多人,并且失去了根据地,无后方依托。在这种严峻的形势下,要在长江与乌江之间回旋余地不大的黔北地区打破敌人的"围剿",站稳脚跟,建立新的根据地,事实上已经办不到了。当时,最紧迫的问题是如何摆脱几十万敌人的围追堵截,跳出敌人的重围,否则无法保存红军有生力量,更谈不上今后的发展。面对敌情的急剧变化,党中央和毛泽东不得不放弃在川黔边建立根据地的打算,决计在敌人合围以前,从遵义地区移师北上,北渡长江,以摆脱敌人的围追堵截。

另一方面,从全国红军的发展形势来看,1934年9月8日红四方面军粉碎了敌人的六路围攻,巩固了川陕革命根据地,红二、红六军团在策应中央红军长征的作战中,也取得了一系列重大胜利。这时,熟悉四川情况的刘伯承、聂荣臻建议,去川西北建立根据地,并列出3点理由:(1)有红四方面军川陕根据地的接应;(2)四川为西南首富,人口稠密,站稳脚跟后对于红军的发展壮大有利;(3)四川对外交通不便,川军排外,蒋介石要借口"剿匪"调"中央军"入川实为不易。

这几点理由对当时遵义的条件来说的确很有说服力,于是遵义会议在讨论战略发展方向时,采纳了刘伯承和聂荣臻的建议,提出了鉴于"四川在政治上、军事上、经济上都比黔北好",决定改变黎平会议确定的发展方针,由泸州至宜宾间北渡长江,向川西北谋求发展。

1月20日,红军总司令部发布了《中革军委关于渡江的作战计划》。计

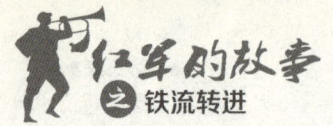

划提出:"我野战军目前基本方针,由黔北地域经过川南渡江后转入新的地域,协同红四方面军,由四川西北方面实行总的反攻,而以二、六军团在川黔湘鄂之交活动,来钳制四川东南'会剿'之敌,配合此反攻,以粉碎敌人新的围攻,并争取四川赤化。"

因此,黎平会议确定的以遵义为中心建立川黔边根据地的想法被否定了。川西北的发展方向,是继湘西、川黔边之后,红军在长征中确立的第三个发展方向。

但这一决定忽视了一个重要因素——川军的作战能力,因而有了世界军事史上罕见的"四渡赤水"。

自民国以来,川军派系林立、斗争复杂,内战之烈闻名全国,常年内争外斗的历练,打造了一支支能征善战的川军队伍。川军的战斗力在国民党各派军阀中是首屈一指的。此时红军战川军,又会有怎样的结果呢?

★赤水河

1月25日,红一军团进占贵州西北部的土城。这里是黔北大道必经之所,是赤水河中游的一座小城。红一军团继续向北准备占领赤水城时,遇到川军顽强阻击,占领赤水县城的作战目标没有实现。

1月26日,毛泽东和中央军委纵队抵达土城,由川入黔的川军郭勋祺部尾追红军至土城以东地区。毛泽东、周恩来、刘伯承研究后,决心在土城以东的青杠坡地区围歼郭勋祺部。在中革军委致中央红军各军团的电令

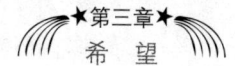

中有这样一句话:"迅速向赤水及其附近地域集中,以便争取渡过赤水的先机,在必要时在赤水以东地区与追击和截击的敌人的一路进行决战。"

毛泽东深知,土城一战意义重大,除了可以突破川军的严密阻截外,还是他恢复军事指挥权后的第一战,也是树立威信的关键一战。

中革军委最初的判断是进占枫村坝、青杠坡地区的川军约有 4 个团,而且战斗力极差,纪律涣散、吸食鸦片,最终也应该像黔军一样一击即溃。但事实是,在青杠坡的郭勋祺部不是 4 个团 6000 多人,而是 6 个团 1 万余人,而且战斗力极强。

1 月 27 日,林彪的红一军团在赤水城南与川军展开激战。其中,李聚奎的一师在黄皮洞被川军三面包围,伤亡极大;陈光的二师在复兴场的战斗也不顺利。郭勋祺部截断了红五军团和红三军团四师的联络,形势对红军极其不利。

1 月 28 日凌晨,红三军团和红五军团兵分两路从南北两面对青杠坡的川军阵地发起了进攻。两路红军抢占了前沿几个要点后,直接向青杠坡营盘顶冲击。川军顽固抵抗,两军进行了多次冲击与反冲击,展开了一场恶战。红三军团战士大量牺牲,官兵们在子弹打完的情况下,与川军进行了长时间的肉搏。

突破了红军阻击阵地的川军开始迅速向土城攻击,瞬间便打到了中革军委指挥部的前沿。危急时刻,朱德提出亲自上前线作战,毛泽东连吸几口烟,没有答应。朱德急了,把帽子往桌子上一扔,大声说:"只要红军胜利,区区一个朱德又何惜!敌人的枪是打不中朱德的!"就这样,朱德和刘伯承提枪上阵,陈赓、宋任穷率领红军干部团也急赴前线。

中央红军干部团是在大规模军事转移前组建的。根据中共中央的决定,中央苏区的 4 所红军学校,即红军大学、红军第一步兵学校、红军第二步

兵学校及特科学校合编组成干部团,由红军第一步兵学校原校长陈赓为干部团团长,红五军团十三师政委宋任穷为干部团政委。下设3个步兵营和1个特科营,以及1个"上级干部队",全团1000余人。这是中央红军的精干力量和宝贵财富,是红军的老班底,不到万不得已,军委不会把它放在冲锋的最前沿。

1月28日下午2时,增援的红一军团二师终于赶到,克服了不利地势,夹击川军侧翼,攻占川军永安寺指挥所,川军被迫退守,与红军形成对峙局面。

下午5时,中央政治局在土城后山召开紧急会议,认为此前中革军委对敌情的判断有误,且川军另有2个旅在增援的途中,土城战斗如果再打下去,只会凶多吉少。因此,由赤水北上进入四川,从泸州至宜宾之间北渡长江的计划已无法实现。为了保存中央红军的实力,必须立即轻装脱离战场,西渡赤水河。

1月29日凌晨3时,朱德发布了中央红军西渡赤水河的命令,这就是中央红军的"一渡赤水"。

向西撤退的中央红军分三路进入川南叙永县境内。叙永是川南重镇,地处从贵州西进四川和云南的交通要道。要继续北渡长江,向川西北谋求发展,就必须通过叙永县。但叙永县城城墙坚固,由川军1个团和2个连外加5个义勇大队防守。

2月1日,红一军团二师攻打叙永县城,久攻不克。这时,川军川南"剿匪"总指挥潘文华已经判断出中央红军的目的依旧是北渡长江进入川南,于是调动川军8个旅和1个警卫大队直扑叙永。同时,蒋介石也调动黔军、滇军和"中央军"薛岳部共同组成"剿匪军"第二路军,共13个师外加4个旅,兵分四路向川南压来。

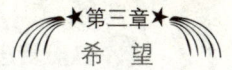

2月4日，在叙永县城久攻不克且川军增援部队不断到来的情况下，中革军委做出了新的决定：放弃在叙永一带北进的计划，继续向西，向云南东北部的威信和扎西地区转移。

从叙永往西，中央红军在四川、云南和贵州交界处的山区徘徊了12天，这时的红军再一次迷茫了。

2月9日，大年初六，中央红军在天寒地冻中到达云南东北部的扎西镇。在这里，中共中央停下了向西的脚步，又一次召开了政治局会议。会议决定"暂缓执行北渡长江计划"，将中央红军的征战目标改为"以川、滇、黔边境为发展地区，以战斗的胜利来开展局面，并争取由黔西向东的有利发展"。至此，川黔滇取代了川西北，改变了遵义会议确定的战略方向。

土城、叙永战斗给了毛泽东很大的教训，让他认识到与数倍于己的强大敌人作战还应遵循"打得赢就打，打不赢就走"的机动灵活的战略战术。

但此时，最紧迫的问题是：中央红军现在要到哪里去呢？哪个地方才是敌人最预料不到的方向呢？

毛泽东建议：向东，再渡赤水，回到遵义去。

1935年春，中央红军在云南东北部和贵州北部，在赤水河的两岸，为摆脱国民党的"追剿"而进行了不同寻常的军事行动。这是一个追与被追的过程，却充满了戏剧色彩。时而险象环生而又绝处逢生，时而山穷水尽而又柳暗花明，时而提心吊胆而又欣喜若狂，不禁令人拍案称奇。

2月15日，红军野战军司令部下达《二渡赤水河的行动计划》。为打消全军官兵疑虑，16日，中共中央和中革军委发布《共产党中央委员会与中央革命军事委员会告全体红色指战员书》，指出："红军必须经常地转移作战地区，有时向东，有时向西，有时走大路，有时走小路，有时走老路，

有时走新路,而唯一的目的是为了在有利条件下求得作战的胜利。"

2月18日至21日,中央红军二渡赤水河;26日,红一、红三军团趁黔军在娄山关守备兵力不足,攻占娄山关;28日,乘胜追击再占遵义。

此举完全超出了敌人原来的预想。尤其是红军重创一路尾随至遵义城南的"中央军"吴奇伟部,取得毙伤敌2400多人、俘敌3000人、缴枪2000支的战果,是中央红军长征以来最大的一次胜利,更是第五次反"围剿"以来一年半的时间里令红军战士终于扬眉吐气的一次胜仗。

对蒋介石来说,这一次"中央军"的失败令其颇为震撼,也让他更加确认此前得到的情报:毛泽东重新掌权了。蒋介石最怕与毛泽东打仗,这种心态在其给薛岳的信中表露无疑:"毛既已当权,今后对共军作战,务加谨慎从事,处处立于不败之地;勤修碉堡,稳扎稳打,以对付飘忽无定的流寇,至为重要。"可笑的是,既然知道红军"飘忽不定",修碉堡又有何用!红军接下来的去向更令蒋介石和一众地方军阀捉摸不透。

国民党各派都认为红军要么向北与红四方面军会合,要么向东与红二、红六军团会合,就是没有想过红军会在贫瘠的贵州发展。而取得遵义战役胜利的红军,此时恰恰想以遵义为中心建立川滇黔边区根据地。

接下来,毛泽东被任命为前敌总指挥,准备打一场大仗——围歼"中央军"的周浑元部。但几天后,两次诱敌决战未果,林彪等不及了。在鸭溪召开的政治局扩大会议上,林彪建议一军团主力在打鼓新场攻击黔敌犹国才旅。经过举手表决,这一建议得到了大部分人的赞同,这让新上任的前敌总指挥毛泽东很为难。最后,毛泽东还是说服了大家,不打打鼓新场之战。但这次争论后,为使军事指挥真正机动灵活,而不是争来争去,中央决定成立"三人军事领导小组"(又称新"三人团"),成员为周恩来、毛泽东和王稼祥,毛泽东直到这时才完全掌握军事决策权。

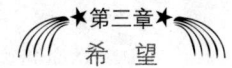

3月14日,新"三人团"发布命令,决心消灭鲁班场之敌周浑元部。但由于时间仓促,地形对红军不利,加上敌人的防御工事坚固,从15日凌晨开始战至天黑,红军无功而返。

这一次的失败直接导致了红军放弃在黔北建立根据地的计划,于3月16日晚,在茅台县开始了三渡赤水。

此时,蒋介石命令部下开始大肆修筑碉堡,企图将红军"分路自得截堵,逐次缩小,加以包围"。湘军李韫珩部在遵义城周围修筑碉堡,上官云相的第九军在桐梓、遵义间修碉筑路,四川军阀刘湘进至长江以南的叙永、赤水城、土城、古蔺一带修筑碉堡,云南军阀龙云派孙渡部进至毕节以东地区修筑碉堡。蒋介石自信满满地说:"如许大兵,包围该匪于狭小地区,此乃聚歼匪之良机。"

因此,红军三渡赤水后,在赤水河以西的古蔺、叙永一带三面受敌,回旋余地狭小,若敌人的碉堡封锁形成,就会出现第五次反"围剿"之不利局面。于是毛泽东当机立断,决定3月20日17时四渡赤水。

3月27日,毛泽东决定红九军团伪装成主力诱敌北上,中央红军主力抢渡乌江。

此后的两三日,薛岳和蒋介石都收到了部下来电,称发现红军主力有南下偷渡乌江之势,两人却均不以为意。3月31日,红军主力南渡乌江,跳出敌人的包围圈,空留那些碉堡在身后。

"四渡赤水"是红军在付出巨大牺牲,几乎陷于绝境的情况下,为寻找生机而不得已之举。其中,第一次和第三次更是在作战不利的情况下,被动转移西渡赤水,土城战斗和鲁班场战斗成为毛泽东军事生涯中令他难忘和遗憾的两次败仗;第二次和第四次则是主动东渡赤水,是在艰难地选择落脚点。"四渡赤水"虽非有意为之,但这种出其不意的军事行动,最终还

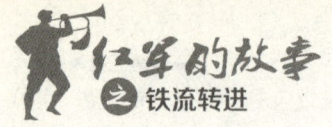

是令蒋介石摸不着头脑,这才有了抢渡乌江,跳出敌人包围圈的一招险胜。所以,总体来看,"四渡赤水"仍是一次出色的运动战,这也被毛泽东认为是自己军事指挥生涯的"得意之作"。

屡出奇兵

跳出黔北、南渡乌江的中央红军,到底要去哪里?对于这个问题,坐镇贵阳的蒋介石比红军的统帅还着急。因为他怕红军兵锋所指为贵阳,而此时的贵阳守军加上附近兵力只有6个团。

于是,中央军和滇军孙渡的电话里传来了薛岳声嘶力竭的命令声:火速增援贵阳。

正当蒋介石张皇失措之时,红军主力兵锋急转,于4月3日由南下改为东进。蒋介石判断红军是要向东与贺龙、萧克的红二、红六军团会合,于是令中央军吴奇伟和刚刚赶到贵阳的孙渡纵队与五十三师分三路向东追击,防止红军北渡乌江或东进,以围歼红军于黔东。

而红军的意图既不是东进,也不是北渡乌江,而是南下。4月8日,乘敌全部兵力部署于黔东之机,红军主力以日行60公里的速度,迅速南进。4月9日,红军主力穿过贵阳、龙里间20公里地段的湘黔公路,离开贵阳城,飘然而去。此时的蒋介石因为害怕红军直捣其老巢,已经早两日就转移至昆明躲避。

鉴于黔西南有滇军进入,红军不可得,4月13日,彭德怀、杨尚昆向中革军委提出建议:迅速西渡北盘江,攻取平彝、盘县,在滇黔边打开局面。虽然红军自长征以来一直尽量避免到经济落后、消息闭塞、少数民族聚居的边陲地区,一直徘徊于川滇黔而不入滇境,但此时摆脱敌人重兵包

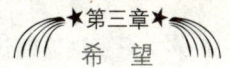

围才是关键。于是,毛泽东同意了红三军团彭、杨的建议。

4月18日,中央红军主力全部渡过北盘江,连克数座县城,打开入滇通道。但很快敌人又向昆明东进,企图歼灭红军于昆明东北的狭窄地带。形势刻不容缓,返回黔西已不可能,甚至在滇东立足也十分困难,于是毛泽东在4月28日晚中革军委召开的会议上决定,迅速抢渡金沙江,以争取生机。

4月29日,中革军委发出万分火急的电报:"政治局决定,我野战军应利用目前有利时机,争取迅速渡过金沙江,转入川西,消灭敌人,建立起苏区根据地。"于是,红军的战略方针又有了重大转变。

中央指示:中央红军以红一军团为左纵队,以红三军团为右纵队,军委纵队和红五军团为中央纵队,分三路向金沙江南岸急进。

金沙江是长江的上游,上接通天河,从昆仑山、横断山区奔涌而下,穿行于深山峡谷间。金沙江江面宽阔,水流湍急,两岸地势险要,不易通过,成为中央红军北上的一道天险。

5月2日,中革军委主席朱德命令:左纵队红一军团从龙街渡口方向渡江,右纵队红三军团从洪门渡方向渡江,中央纵队和红五军团从皎平渡方向渡江。三路红军如同赛跑,分别向各自方向急行军,于5月4日前后到达各自渡口。

红一军团抢占龙街渡口后,发现渡船已被敌人拉到了对岸,便想方设法铺设浮桥,但屡屡失败,整整两天毫无进展。红三军团于洪门渡架设了浮桥,彭雪枫团渡江后,浮桥被激流冲垮,也无法再渡,剩下的只有皎平渡了。

红军总参谋长刘伯承开始展露其过人智慧。他先是带领干部团三营来到渡口找到2条船和一名艄公,与此同时又发现对岸有2条船。于是在这

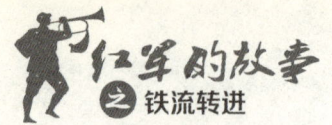

★ 刘伯承

名叫尹梦之的艄公帮助下，刘伯承等人来到金沙江对岸，假扮国民党军冲进了一个税务所，又找到2艘船和36名艄公。接着，刘伯承向朱德总司令发出了那封简短而著名的电报：皎平渡有船6只，每日夜能渡1万人，军委纵队5日可渡完。

原本刘伯承发这封电报时，想着皎平渡只担负军委纵队的渡河任务，在5月5日这一天就可渡完。可没想到的是，他这里的皎平渡却成了整个中央红军的唯一渡口，6只船整整渡了9天。

直到5月16日，薛岳的"追剿"大军才赶到金沙江南岸。国民党军对这次"追剿"下的结论是："共军人枪虽少，但行动极为灵活。一路向西窜进，国军既拦截不到，亦尾追不及。迄5月9日，于武定以北地区渡过金沙江，其先头部队已到达西康之会理，追剿军正分途向金沙江南岸推进。黔滇地区之追剿作战，于焉结束。"

这段话，国民党倒没有自欺欺人，承认了几经辗转的黔滇地区"追剿"以失败告终。

中央红军在云贵川机动作战的过程中，虽然提出了建立云贵川根据地的口号，但始终没有放弃北渡长江（或金沙江），向北发展，转入川西北的战略意图。正是这种灵活机动的运动战，调出了滇军，造成了云南境内敌军空虚，使得红军从金沙江上游渡江成为可能，为实现遵义会议后1月20日制定的《中革军委关于渡江的作战计划》创造了可能。因此，如果没有中央红军在川南改变原定的渡江计划，转向在云贵川边机动作战，也就没有而后北渡金沙江的可能。红军虽然在一个方向上暂时放弃了原定计划，却为另一方向上为实现原定计划创造了条件，终于到达了川西北地区。

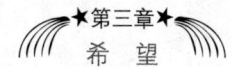

第三章 希望

红军渡过金沙江，进至四川凉山的会理城附近。有一天，林彪打电话给彭德怀，对他说："现在的领导不成了，你出来指挥吧。再这样下去，就要失败。我们服从你的领导，你下命令，我们跟你走。"这一番话的言外之意就是，要让彭德怀取代毛泽东的军事指挥权。

林彪一向受毛泽东信任，且是毛泽东"运动战"战略战术的忠实执行者，连他都有怀疑、不解的情绪，难免其他人也有类似的抱怨和不满。这是毛泽东自遵义会议走到军事领导前台以来，第一次遭受指责和怀疑，于是，毛泽东建议张闻天召开政治局扩大会议，这就是"会理会议"。

会议由张闻天主持，批评了反对机动作战、怀疑军事领导的思想，肯定了毛泽东的军事指挥，维护了遵义会议后确立的政治领导和军事领导的团结，克服了右倾思想，维护了中央的领导和红军的团结。会议决定，继续北上，同红四方面军会合。

会理会议之后，国民党追兵时隔一周时间再一次向红军袭来，此地不宜久留，红军必须继续向北前进。说不清这是第几次脱险又遇险，胜利之后又面临失败的危机。

红军的下一步行军计划是向北穿过彝族区、向东越过大渡河，然后进入川西北。从会理到大渡河的距离大约是500公里，行军的小路大都是在悬崖峭壁上开凿而成的，十分难走。

5月23日上午9时，中央红军到达四川中南部的冕宁。此时，红军已连续行军8个日夜，行程达270多公里，完成了到大渡河一半的路程。在这里，红军将穿越在此之前令外界感到神秘的彝族区。

中央红军通过大凉山彝族区，经历了一个惊心动魄的过程。从最初的剑拔弩张到后来的"歃血为盟"，在短短的两天时间内红军就顺利通过了彝族区，这给波澜壮阔的长征史留下了一段颇有传奇色彩的佳话。

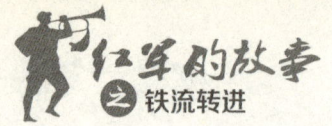

　　1935年5月,由中革军委总参谋长刘伯承、红一军团政委聂荣臻带领的红军先遣部队红一军团第一师第一团进入大凉山彝族区,彝民们挥舞着土枪、长矛、棍棒,呼啸、呐喊着出没于山林之中,企图阻止红军前进。跟在主力后面的工兵连,携带的架桥器材和其他用具被一抢而空,连衣服也被剥光了,只得赤条条地从原路返回出发地。红军停止前进以后,彝民们密密麻麻地围了上来。军团部的同志和红军里的彝族兄弟向他们做宣传、解释、说服工作,说明红军同国民党的中央军不同,军团部不是来抢劫、杀害彝民的,只是借道北上,并且不在此地住宿。可是彝民们仍然摆手挥刀,高声喊着:"不许走!"向红军要买路钱。工作团只好拿出银圆给他们,结果发了数千块银圆,他们还是不肯罢休。

　　彝民首领小叶丹的四叔来了,肖华请了一个汉族翻译与他说明来意,表明红军是为受压迫的人民打天下的,这次来此地,不会打扰彝族同胞,只是借路北去。肖华又告诉他,红军刘司令亲率大批人马北征,路过此地,愿与彝民的首领结为兄弟。小叶丹的四叔听了解释,又看到红军纪律严明,深信这支部队确实跟国民党"官兵"不同,欣然表示愿同红军结盟。肖华忙去向刘伯承、聂荣臻作了汇报。不久,便举行结盟仪式。

　　结盟仪式在横断山脉的一个小山谷间谷麻子附近的海子边举行。双方寒暄之后,刘伯承以诚恳的态度重申红军的来意,并愿与小叶丹拜盟,还表示将来红军打败国民党反动派以后,一定帮助彝族人民解除一切外来的欺压,使彝区人民过上美好的生活。刘伯承高高地端起大碗,庄重地喝了拜盟酒,小叶丹叔侄也立即把拜盟酒饮完,结盟仪式便告结束。刘伯承当众将自己身上带的一支左轮手枪和几支步枪送给小叶丹,小叶丹也将自己的骡子送给刘伯承。

　　"歃血为盟"以后,为表示对彝族兄弟的尊重,红军后退15公里,当

★第三章★
希望

晚宿营在大桥镇。刘伯承邀请小叶丹叔侄一同到大桥镇,在司令部里热情地招待了他们。第二天,小叶丹于清晨先行返回自己的沽鸡部落,他的四叔亲自当向导,带领红军入境。结盟的消息一经传开,彝族人民相信红军司令跟他们的首领结盟是真诚的,红军是不会侵害他们的。彝族人都拿着红旗,背着刀枪,排好了队来欢迎红军,与红军亲如一家人,这和昨天剑拔弩张的情况完全两样。在沽鸡地区,红军送给他们一些枪支,帮助他们组织了"中国彝民红军沽鸡支队"。红军的宣传员在沿路的石头上和村里的墙壁上贴了中国工农红军的布告,上面写着"中国工农红军,解放弱小民族,一切彝汉平民,都是兄弟骨肉""不当挨打挨饿的白军,大家当红军去"。

★小叶丹的妻子手持沽鸡支队队旗

出了沽鸡部落,小叶丹派联络员给红军带路。在"红军是武装起来的工农,工农自己的军队,工农穷人自动参加红军、扩大红军"的口号下,许多彝族群众组成了"中国红军彝族支队",许多彝族同胞参加红军后即踏上了万里长征的征途,在艰难困苦中百炼成钢,成为光荣的革命战士。

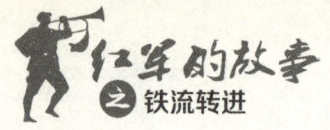

铁索寒,铁骨铮

横断山区除了遍地的险峻山脉,还有一年四季汹涌澎湃、一泻千里的大江大河。红军好不容易渡过金沙江,又被大渡河拦住了前进的道路。

蒋介石坐镇昆明,调动中央军10余万人、川军5万余人,在大渡河沿线组成封锁线堵截红军,并致电各军:"大渡河是太平天国石达开大军覆灭之地,今共军入此汉彝杂处、一线中通、江河阻隔、地形险要、给养困难的绝地,必步石军覆辙,希各军师长鼓励所部建立殊勋。"

在大渡河南边,多路国民党军队在后面死死咬着红军的尾巴,赶赴金沙江;在北边,也有几路国民党军队正向大渡河疾进,企图从正面把红军封死。红军再次陷入军事上的"死地":左为天险雅砻江和大雪山,右为地势更为复杂、无法补充给养的彝区大凉山,前有汹涌的大渡河。红军的唯一选择只能是突破大渡河。毛泽东果断决定:强渡大渡河!

大渡河穿行在大雪山、邛崃山、小相岭、夹金山、二郎山、大相岭等崇山峻岭之间,山高谷深,水流湍急。太平天国时期,能征善战的石达开兵败大渡河,既有偶然性,也有某种必然性。而红军面临的危险程度,又远远超过了当年的石达开。

早在红军长征之初,"国民政府军事委员会委员长南昌行营"秘书长杨永泰就提出,红军有可能取道湖南、贵州,渡过金沙江和大渡河北上。当时,蒋介石就认为,红军根本不可能走这条线路。博古、周恩来、毛泽东、朱德、刘伯承等也没有预料到,红军有一天会走石达开走过的道路。

蒋介石狂妄地叫嚣:"让朱、毛做第二个石达开!"他纠集10多万军队对红军南追北堵,还把沿岸所有船只、造船的材料、粮食等要么收缴,要么掳走,要么焚毁,坚壁清野,企图"封锁朱、毛……于金沙江以北、大

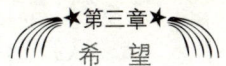

渡河以南、雅砻江川（以）东地区，根本歼灭"。

　　国民党军队很快就要完成对红军的包围，红军必须与敌人抢时间、争速度，赶在敌人之前渡过大渡河。沧海横流，方显英雄本色。毛泽东运筹帷幄，指挥若定。在毛泽东的指挥下，5月24日拂晓，红军一部克服重重困难，赶到大渡河大树堡渡口，与当地群众一道造船、扎筏、修筑工事。红军宣传员大造声势，说红军要在此渡河，攻打富林镇，直取雅安、成都。红军战士及当地群众都信以为真，但其实这是毛泽东放出的烟幕弹。蒋介石及四川军阀闻讯后极为恐慌，匆忙调集各路大军向富林奔来，准备与红军决战，于是放松了对安顺场至泸定桥一带北岸的防守，为红军强渡大渡河创造了条件。

　　刘伯承一次次为中央红军打头阵、当前锋，逢山开路，遇水架桥，强渡乌江，巧渡金沙江，顺利通过彝区，每每使红军转危为安、化险为夷，连原本不认同刘伯承的李德在回忆录《中国纪事（1932—1939）》里也对其赞不绝口。这一次强渡大渡河，走在最前面的还是刘伯承。

　　在向安顺场进发的路上，刘伯承骑着马，喃喃自语了一路。他说得最多的一句话是："有船我就有办法！有船我就有办法！"警卫员讲，他在梦里也总是念叨这句话。

　　安顺场是大渡河中游河床急转的地方，两边是悬崖峭壁，每年5月是河水水位最高、水流最急的时候，当地留下了"五月不渡紫打地（安顺场古名紫打地）"的谚语。

★中央红军强渡大渡河遗址

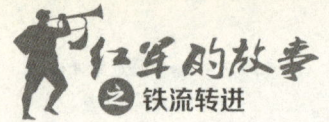

红军到达大渡河时，正值洪水期，河水暴涨，河宽 100 多米，水流湍急，根本无法渡河。所幸的是，当时防守安顺场的是川军第二十四军赖执中营。赖执中是安顺场的乡长，在当地有很大的家业，他认为红军过大渡河肯定要走越西到富林的正道，绝不会重蹈石达开覆辙，所以没有执行烧街的命令，并且为自己留下了一条船。

5 月 24 日夜，中央红军红一师红一团经过 80 多公里急行军，夺取了安顺场，赖执中虽然侥幸逃脱，但是他的船被红军缴获了。25 日上午，红一团一营二连的 17 名勇士，每人佩带一把大刀、一支冲锋枪、一支手枪和五六个手榴弹，乘着这只木船，劈波斩浪，向北岸飞去。河水波涛汹涌，暗礁林立，不时掀起的巨浪将船上人员的衣服全部打湿。对岸敌军有一个营的兵力，几十挺重机枪向小船密集地扫射。17 名勇士冒着敌人的枪林弹雨奋勇前进。船一近岸边，他们就跳下船，向敌人发起猛烈的进攻，夺取了渡口敌人的工事。

红军又陆续在附近找到几条小船，但是由于水流太急，根本无法架设浮桥，而一条船往返一次将近一个小时，3 万红军要想全部乘船过河，至少需要一个多月的时间，而国民党的追兵在三四天内就能赶到安顺场。军委分析，如果不迅速过河，红军将被敌人分割包围在大渡河两岸，后果不堪设想，形势万分危急。在安顺场北面 160 公里处有一座泸定桥可以过河，军委迅速决定：红一军团第一师及干部团由刘伯承、聂荣臻率领从安顺场继续渡河，沿大渡河右岸北上，主力则由安顺场沿大渡河左岸北上，两路夹河而进，火速夺占泸定桥。毛泽东特别强调："这是一个战略性措施，只有夺取泸定桥，我军大部队才能过大渡河，避免石达开的命运，才能到川西去与四方面军会合。"毛泽东还作了最坏的打算：万一会合不了，就由刘伯承和聂荣臻带着红一师和干部团到川西开创局面。为此，毛泽东还给刘

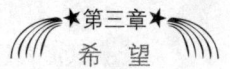

伯承他们配备了一个很强的能独立开创新局面的领导班子,又配备了充足的军政干部,以便开展创立革命根据地的工作。

能否夺取泸定桥,关系到红军的生死存亡,红军将士连夜向泸定桥急行军。行军的环境异常艰苦,左边是高耸入云的峭壁,山腰是终年不化的积雪,右边是波涛汹涌的大渡河,脚下是蜿蜒曲折的羊肠小道,途中还要不断与敌军作战。所以,红军第一天才走了几十公里。5月28日,红一军团向先遣部队红四团下达紧急命令:

王(开湘)、杨(成武):

军委来电限左路军于明天夺取泸定桥。你们要用最高速度的行军力和坚决机动的手段,去完成这一光荣伟大的任务。你们要在此次战斗中突破过去夺取道州和五团夺鸭溪一天跑一百六十里的纪录。你们是火线上的英雄,红军中的模范,相信你们一定能够完成此一任务的。我们准备祝贺你们的胜利!

林(彪)、聂(荣臻)

此时,红四团距离泸定桥120公里。全团官兵奋不顾身冒雨前进,饿了就抓一把生米边跑边送进口里,渴了就喝一口雨水,硬是在一个昼夜跑完了120公里,于29日早晨到达泸定桥。

泸定桥扼川康要道,全长100余米,宽2.8米,由13根铁索组成,横跨在汹涌奔腾的大渡河上,两岸是峭壁,东桥头与泸定城相连。红军到达泸定桥时,桥板大部分已被敌人撤去,只剩下冰冷的铁索在风中摇晃,让人胆战心惊。对岸守桥的敌军架着机枪,向我军扫射。红四团挑选出22名勇士,在火力掩护下,匍匐着向对岸爬去。经过激战,敌人被红军的大无

★泸定桥

畏精神所震慑,放下武器逃之夭夭,于是我军迅速控制了泸定桥。

29日午夜,刘伯承赶到泸定桥。他从桥的这头走到那头,又从桥的那头走到这头,然后使劲在桥板上跺了三脚,动情地说:"泸定桥!泸定桥!我们为你花了多少精力,费了多少心血!现在我们胜利了!我们胜利了!"

中央红军从安顺场和泸定桥渡过了大渡河。毛泽东说:"我毛泽东不是石达开,石达开没有走通的路,我们红军一定能走通。"红军渡过大渡河,彻底粉碎了蒋介石重演历史的迷梦,红军冲出了被横断山所阻的困境。

拓展阅读

刘伯承（1892—1986），重庆开县人，中国人民解放军的主要缔造者之一，开国元帅。

1911年，刘伯承参加辛亥革命，1912年进入川军第五师熊克武部，1913年参加四川的讨袁之役，失败后于1914年在上海加入孙中山领导的中华革命党。1915年底奉命返回四川，拉起400多人的队伍，组成川东护国军第四支队。1916年3月，在指挥攻打丰都县城的时候右眼中弹。在治疗眼疾的过程中，为了不损害脑神经，以后还能打仗，他强忍疼痛不用麻药，坚持到手术完成，被主刀的德国医生称赞为"军神"。

1923年，刘伯承参加讨伐北洋军阀吴佩孚的战争，8月受伤后在成都治疗，此时结识共产党人杨闇公、吴玉章，开始接受马克思主义。1926年5月，经杨闇公、吴玉章介绍，刘伯承正式加入中国共产党。1927年4月被武汉国民政府任命为暂编第十五军军长，这是中共党员在国民革命军中被任命的第一个军长职务。7月下旬刘伯承秘密转赴南昌，与周恩来、贺龙、叶挺、朱德等领导了震惊中外的南昌起义。同年底，他被派往苏联学习。

1930年夏，回国后的刘伯承协助周恩来处理军委日常工作。1932年1月前往中央苏区首府瑞金，任中央军事政治学校校长兼政治委员；10月出任中国工农红军总参谋长，协助朱德、周恩来取得第四次反"围剿"的胜利。

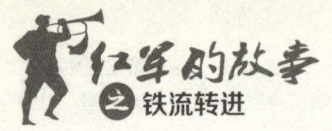

第四章　会　师

中国工农红军红一方面军与红四方面军在懋功会师,大大增强了红军的力量,为粉碎国民党军队的进攻、开创新局面创造了有利条件。但是,由于张国焘推行分裂路线,两军会合后旋即分开,中国革命又一次面临艰难的考验。南下行动的失败和广大红军指战员的强烈反对,让张国焘被迫取消"伪中央",与红二方面军一起北上。三大主力红军大会师标志着中国工农红军胜利完成了战略大转移,宣告国民党反动派"聚歼"红军阴谋的破产,同时为后人留下了取之不尽的宝贵精神财富。

会师暗流

红军过了大渡河之后,终于甩掉了国民党的追兵,下一步就是与在川西北的张国焘带领的红四方面军会合。但此时毛泽东并不能确定张国焘的具体位置,张国焘也不了解毛泽东的行军路线,只是相互知道大概方位。其实,他们之间的直线距离不到160公里,只是中间被大雪山隔开了。

1935年6月,中央红军主力部队翻越夹金山后,终于和红四方面军的先头部队会合了。红四方面军原先战斗在鄂豫皖苏区。1932年6月,国民党几十万大军对鄂豫皖苏区进行"围剿",红四方面军苦战两个多月,歼敌万余,仍未能打破敌军的"围剿",最终被迫撤离。这年10月,红四方面

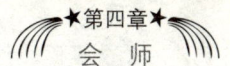

军离开鄂豫皖苏区向西转移,最初目的是调动敌军,在运动中寻找战机歼灭敌军,再打回根据地,但是在强势敌军的围追堵截下,红四方面军未能实现预定目标。红四方面军西征1500多公里,进入川陕,创建了新的革命根据地,队伍逐渐发展到8万多人,并成立了以张国焘为主席的中华苏维埃共和国西北革命军事委员会。1935年2月,中革军委致电红四方面军总部,指示红四方面军配合中央红军北上。红四方面军执行中央指示,撤离川陕根据地,发起嘉陵江战役,歼敌万余,打乱了蒋介石的战略部署,牵制了大量的国民党军队,有力地策应了中央红军的北上行动。

两军会师时,中央红军的战士们饱经艰险、历尽磨难,面容憔悴、衣衫褴褛,但无比兴奋。他们顾不得队形,激动地直奔未曾谋面的同志而去,又是喊叫,又是哭泣,又是高唱,像是见到了失散已久的亲人,许多人高兴得连话都讲不出来。

但是表面的亲热没有持续多久,张国焘就有了异心。

党中央领导人和他想象的完全不一样。毛泽东脸色蜡黄,身体消瘦;朱德满脸皱纹,粗犷朴实得像个农民;周恩来也不再英俊潇洒,而是满脸胡子;张闻天斯文瘦弱,不像个总书记,倒像个教书先生;博古更是没了在上海时的意气风发,倒是多了些忧郁的气质。而中央红军的战士们个个衣衫褴褛,瘦骨嶙峋。这样的部队还能打仗吗?反观张国焘的部队,兵强马壮,军容整洁。两支红军形成的巨大反差,让张国焘心里盘算起自己的计划。

在晚饭后的闲谈里,他试图打探一下中央红军的真实情况。张国焘假装关切地问周恩来:"恩来兄,艰难转战损失不小吧,一方面军还剩多少人?"

周恩来似乎察觉到了张国焘的用意,反问道:"现在四方面军有多

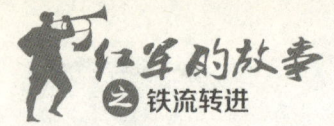

少人?"

张国焘顿了顿说:"10万。"

周恩来略加思考,说:"一方面军损失很大,恐怕不到3万人。"此时的两人对各自部队的人数都做了夸张,但是优劣显而易见。

与此同时,张闻天从曾是莫斯科中山大学同学的陈昌浩、傅钟、张琴秋等人那里了解到张国焘的思想变化,知道了张国焘自恃兵强马壮,瞧不起中央红军,又想保存实力,不想过草地北上抗日建立新的根据地。

为了统一认识,争取张国焘率部北上,在接下来的3个月里,中共中央一边行军,一边连续在两河口、芦花、沙窝、毛儿盖等地召开政治局会议。与会的大多数人都赞成到地域广阔、好机动,群众条件好、汉族人口多,经济条件优越的川陕甘建立根据地。只有张国焘的意见与大家相反,他不同意北上建立川陕甘根据地,也不同意打松潘战役,怕损失自己的兵力。他认为北有草地,气候严寒,行军不利,且有胡宗南部20个团阻拦,无法立足。但在少数服从多数的组织原则下,张国焘不得不同意北上。

然而张国焘阳奉阴违,一面借口"统一指挥"和"组织问题"没有解决,故意拖延红四方面军的行动;一面鼓动其追随者致电中央,提出由红四方面军的徐向前任红军副总司令、陈昌浩任红军总政委、张国焘任军委主席。

对此,毛泽东与张闻天反复商量。毛泽东说:"张国焘是个实力派,他有野心,我看不给他一个相

★ 徐向前

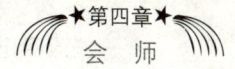

当的职位，一、四方面军很难合成一股绳。"军委主席当时由朱德总司令担任，张国焘没法取代，只当副主席张国焘又不甘心。

张闻天从大局出发，主动说："我这个总书记的位子让给他好了。"

毛泽东听后说："不行。他要抓军权，你给他做总书记，他说不定还不满意，但真让他坐上这个宝座，可又麻烦了。"

朱德也愿意让出自己的位子，但毛泽东反复衡量后说："让他当总政委吧。"

于是，担任总政委的周恩来听了毛泽东的建议，没有计较个人得失，表示赞同。就这样，7月中旬中革军委发布了由朱德任红军总司令、张国焘任红军总政委的命令，此后张国焘才开始调动红四方面军主力北上。

为了掌握张国焘的思想动态，劝说其服从党中央决议，毛泽东、张闻天等人多次找张国焘谈话。有一次，毛泽东去找张国焘谈话，为了使谈话气氛轻松一点，特意带上了善于做群众工作的女同志刘英。一见面，毛泽东就开玩笑说："你看，我给你带'水'来了。"

张国焘不解地看着他。毛泽东笑着说："《红楼梦》里的贾宝玉不是讲男人是泥巴做的，女人是水做的吗？"张国焘恍然大悟，也哈哈大笑起来。

彭德怀后来评价说："毛主席在同张国焘的斗争中，表现了高度的原则性和灵活性……如果当时让掉总书记，他以总书记名义召集会议，成立以后的伪中央，就成为合法的了。这是原则问题。"

为了增进两军的团结，徐向前与陈昌浩商量，由于红四方面军政治教育没有红一方面军好，建议红一方面军派一些干部到红四方面军工作，红四方面军调几个团的兵力补充红一方面军。张国焘刚当上军委副主席，为表现出统筹全局的姿态，同意了这个建议。最后，红四方面军抽调三个团共3800人补充红一方面军，红一方面军则调了一些有经验的干部到红四方

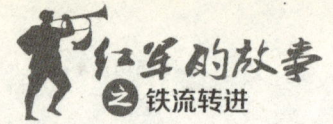

面军各部队任参谋长。临行前,周恩来召集这些干部一再嘱咐说:"两大主力红军会合,这是中国革命的一大胜利,但也出了一些扯皮的事情。你们到四方面军后,不但要把分内工作做好,更重要的是要顾全大局,做好两军的团结。"

然而,尽管毛泽东以极大的耐心和诚意,深入而详细地解释了中央的北上方针,委婉地指出张国焘南下主张的危险性,但张国焘仍不顾劝说,开完沙窝会议回到红四方面军驻地后就开始谩骂毛泽东,进行分裂党的活动,提出西出阿坝、北占夏河,向青海、甘肃边远地区西进,拖延北上。

为此,中央多次电示张国焘:"不论从地形、气候、敌情、粮食任何方面计算,均须即以主力从班佑向夏河急进。"中央还建议大部队走右路,同时要求"全部立即开始出动"。在中央的一再催促下,张国焘终于迈出了北上步伐。

朱德、张国焘、刘伯承率红军总部领导左路军,其中包括红四方面军第九、第三十一、第三十三军和红一方面军第五、第三十二军;毛泽东、周恩来等党中央领导同志和前敌总指挥部的徐向前、陈昌浩率领右路军北上,包括红一方面军的第一、第三军和红四方面军的第四、第三十军及军委纵队的一部分。

张国焘在毛儿盖地区不断向中央开口要权,对北上方针百般阻挠,致使红一、红四方面军近10万人在这一荒僻狭小地域滞留一个多月,不仅错过了北上的最佳时机,不得不放弃松潘战役计划,而且迫不得已走入人迹罕至的茫茫草地。然而,更加卑劣的分裂手段和险恶用心正如草地上空的乌云,慢慢向毛泽东和他的战友们笼罩而来。

当右路军走出草地抵达班佑、巴西一带时,朱德、张国焘率领的左路军正在草地的平行方向朝阿坝一带运动,没有按照预定计划东进班佑。虽

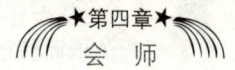

然此间中央多次致电张国焘重申行动计划，但张国焘拒不向右路军靠拢。

见此情形，率领右路军的徐向前急了，找陈昌浩商量，并联名致电朱德、张国焘："目前箭已在弦，非进不可……弟意右路军单独行动不能彻底消灭已备之敌……主力合而后分，兵家大忌，前途所关，盼立决立复示，迟疑则误尽中国革命大事。"

然而，张国焘不仅不听劝告，反而执意坚持右路军南下。9月8日、9日两天，中央和张国焘多次互发电报，各陈利弊，可谓是唇枪舌剑，互不相让。张国焘的南下方针虽然也从敌人的实力、位置以及我军减员很多、弹药很少和被服不足等情形考虑，从当时红军面临的形势看，似乎并无缺陷，但并没有从全国抗战大局这一层面作长远考虑。张国焘的南下方针只会使党和红军退入川康的偏僻一隅，没有发展空间，且脱离广大人民群众，甚至脱离全民族抗战的最前沿，更不可能担负起全民抗战中流砥柱的作用。

张国焘的南下方针最后还是让右路军前敌指挥部的陈昌浩、徐向前产生了动摇，徐向前虽然拥护中央决策同意北上，但为避免与红四方面军分开，不得不同意南下。

这样就把党中央和红军一下推到了面临分裂甚至同室操戈的风口浪尖。是党指挥枪，还是枪指挥党？这个问题摆在了当时的中央领导人面前。

1935年9月9日，让每一个经历了这场路线之争的人永生难忘。

这天，正当前敌总指挥部开会的时候，译电员突然进来，神色慌张，见陈昌浩正在讲话，便把一份电报交到叶剑英手上。叶剑英扫了一眼，这是张国焘命令陈昌浩率部南下的密电。电文中表露出"南下，彻底开展党内斗争"的意思，甚至有胁迫党中央的企图。叶剑英觉得这是大事，应该马上报告毛泽东。他虽然心里着急，表面却若无其事地把电报装进口袋。过了一会儿，他借故离开会场，去向毛泽东汇报电报内容。毛泽东看后当

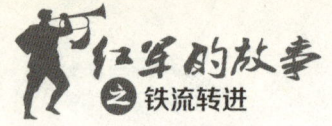

机立断：中央要赶快离开，否则会有危险。

毛泽东当时住得离徐向前、陈昌浩很近，与住在巴西乡红三军军部的周恩来、王稼祥离得较远，如不赶紧离开，有被扣留做人质的危险。毛泽东机智地借口去找周恩来、王稼祥开会，前往红三军军部，摆脱了危险。

毛泽东与张闻天、博古一同来到红三军军部，立即召开了中央政治局紧急会议，后称"巴西会议"。会上，毛泽东等人一致认为：事已至此，再说服、等待张国焘北上，不仅不可能，反而会使党中央处于危险境地。于是会议决定，采取果断措施，立即率领右路军中的红一、红三军及军委纵队一部，组成北上先遣支队，到阿西地区集合，继续北上。从"巴西会议"开始，我们党正式对张国焘的右倾机会主义路线进行批判和揭露。

任参谋长的叶剑英与徐向前、陈昌浩同住在巴西的一个喇嘛庙里，为把直属队带出来，叶剑英借"打粮准备南下"的名义，凌晨2时悄然离开，并带走了全军唯一一份甘肃全省地图。毛泽东后来评价叶剑英："诸葛一生唯谨慎，吕端大事不糊涂。"

9月10日凌晨，按照张闻天的指示，李维汉亲自站在路口指挥，党中央机关和总政治部陆续出发。

从睡梦中被叫醒的红军战士不知何故突然启程，队伍里有人问："出什么事了？黑灯瞎火的这是要去哪儿？"

凯丰厉声说道："一个都不要问，跟我走！"声音坚定有力。

为防止陈昌浩、徐向前派人追来，发生冲突，彭德怀以红十团为后卫，毛泽东和彭德怀随红十团断后，也方便处理紧急情况。然而毛泽东心里清楚：即便追来也不能打，因为同是红军啊！

清晨，徐向前刚刚起床，就有人来报告说叶剑英不见了，甘肃全省的地图也不见了。有人问陈昌浩："是不是有命令叫走？"陈昌浩一听就急了：

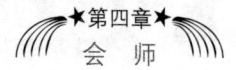

"我们没有下命令,赶紧叫他们回来!"

此时,徐向前才如梦初醒:党中央怕被他们胁迫,率先北上了!

这样的结果是徐向前非常不想看到的,他感到心情沉重,莫名地愤懑。

陈昌浩问徐向前:"这事怎么办?打不打?"

徐向前很坚决地说:"哪有红军打红军的道理!叫他们听指挥,无论如何不能打!"

徐向前的第一反应,避免了红军的自相残杀,为党和红军立了大功。

无论曾经赞成过毛泽东的,还是反对过毛泽东的,在我们党面临向南或向北的生死抉择时,虽只有一字之差,却展现了优秀共产党人的伟大品格——不计个人得失,心系党的前途。北上是党的利益所在,是红军的利益所在,是中华民族的利益所在。在这一历史关头,他们都用自己的方式表达着对党的忠诚。

党中央在北上途中仍努力争取让张国焘悬崖勒马,早日率红四方面军主力北上。可个人野心膨胀的张国焘却在分裂道路上越走越远,他率兵南下途中先是于1935年9月13日在阿坝召开会议,通过决议,指责党中央北上方针是"逃跑",后又于10月5日在马尔康卓木碉召开高级干部会议,作出《关于成立第二"中央"的组织决定》,宣布另立"党中央",自任"主席",并叫嚣要开除毛泽东、周恩来、博古、张闻天的党籍,处分杨尚昆、叶剑英等人,甚至狂妄地要求中共中央"不得再冒用党中央名义",要求他们称北方局。

被张国焘裹胁南下的朱德、刘伯承,在张国焘数次分裂活动中,表现得大义凛然、无所畏惧。张国焘要求朱德接受两项命令:

第一项命令是让朱德谴责毛泽东,断绝和毛泽东的一切关系。朱德回答:"你可以把我劈成两半,但你割不断我和毛泽东的关系。"

第二项命令是要求朱德谴责党的北上抗日反蒋的决议。"决议我是举过手的,我不能反对它。"朱德答道,"大敌当前,要讲团结嘛!"

张国焘对朱德的这种态度怀恨在心,不时地通过各种会议围攻、威逼朱德,甚至对朱德破口大骂。同时,张国焘还采取一些迫害手段,使朱德、康克清的人身安全没有保障。在这一年中,朱德实际上成了张国焘的俘虏。但为了把这支红军带回北上的道路,保存革命力量,朱德忍辱负重,默默地坚持。

红四方面军按照张国焘的南下计划进入川西边缘时,马上遭到国民党川军主力和入川的中央军大举进攻,百丈关一战虽歼敌1.5万人,但红四方面军也伤亡万余人,只得西撤。经过4个月的苦战,部队仍难以在川康地区建立新的根据地。到1936年2月,红四方面军被迫向西转移进入藏族聚居的甘孜及附近地区,部队也由南下时的8万人减为4万人。由于粮食和牲畜非常有限,几万人的部队居住时间一长,生活便陷入窘境,必须另寻出路才行。

中央北上的胜利和红四方面军南下的失败,从正反两方面教育了广大指战员,红四方面军的干部大都要求北上。1936年6月6日,迫于南下方针失败和共产国际的双重压力,众叛亲离的张国焘不得不宣布取消另立的"中央",与由红二、红六军团改编成的红二方面军会师后共同北上。

毛泽东既坚持原则,又坚持团结,采用正确的党内斗争方式,而不是宗派主义简单粗暴的方法,终于平息了一场令人惊心动魄的红军内部的争斗,率领红一方面军主力脱离了危险区。如果说遵义会议前后毛泽东和他的战友们用智慧与谋略结束了王明"左"倾教条主义路线在党内的统治地位,使中国革命转危为安,那么这次,毛泽东和他的战友们则是以勇气和坚韧赢得了与张国焘作斗争的关键胜利,使中国革命脱离了险境,走上了发展壮大之路。

雪山草地

红一方面军翻越的第一座雪山是夹金山。夹金山又名"甲金山",藏语称为"甲几","夹金"为译音,意为很高、很陡。夹金山位于小金县东南,属邛崃山脉,横亘于小金县达维乡与雅安地区宝兴县之间。地势陡险,山岭连绵,重峦叠嶂,危岩耸突,峭壁如削,空气稀薄,天气变化无常。当地流传着一首民谣:"夹金山,夹金山,鸟儿飞不过,人不攀。要想越过夹金山,除非神仙到人间!"红军官兵大多来自南方,对爬雪山毫无经验。通过卫生员的讲解,他们才知道:爬山前要把衣服松开,以便于呼吸;走路要慢,但绝对不能停;出发前要用布条遮住一部分视线,防止雪盲,还要吃饱吃好,穿上厚衣服,喝一碗祛寒的鲜姜辣椒汤;在山上禁止喧哗,防止发生雪崩;等等。

红军将士爬雪山时遭遇的艰难困苦,实在是数不胜数。山脚下是烈日炎炎的夏季,而山上的天气却变幻莫测,时而晴空万里,时而狂风吼叫、雪花飘飘,甚至还会下起鸡蛋大的冰雹。狂风夹着冰雹,吹打在红军战士单薄的衣衫上,身上觉得像刀剐一样。越往上走,空气越稀薄,憋得人脸色发青,浑身无力,但大

★中国工农红军翻越夹金山纪念碑

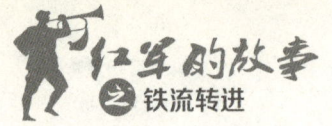

家又不敢歇下来，许多战士"歇下来"后就再也没有站起来。

红军领袖和各级干部身先士卒，与战士们同甘共苦。毛泽东把自己的坐骑让给伤病员和女同志，自己拄着木棍，在雪地中艰难地跋涉。朱德也把马让给了伤病员，亲自背着粮食和战士一样爬山。"长征四老"之一的董必武后来回忆说：

"（天）刚蒙蒙亮，我们就出发了。简直没有路……我们就对准峰顶附近那个缺口，笔直地向上爬。浓雾环绕，大风凛冽，刚到半山（腰），就下起雨来了。我们越爬越高，又撞上了让人担惊害怕的冰雹。空气越来越稀薄，呼吸越发困难。讲话是完全不可能的事，冷得人连呼气都冻了冰，手和嘴唇冻得发紫。有些人和牲口一步没走稳，就掉在冰河中，从此诀别。那些坐下来休息喘喘气的，就在原地被冻僵……

"到了暮色苍茫时，我们在海拔16000英尺的高度上翻过了大山，那天晚上，我们就在人迹罕至的山谷中露营。我们大家都精疲力竭地躺下休息，朱将军却照往常一样，到四处巡查。他一路上和部队一同跋涉，疲劳不堪。但是他的例行巡查却是无论如何中断不了的……

"为了避开敌人的轰炸机，我们在半夜就起来了，开始爬第二个山头。天下着大雨，后来又变成大雪，冷风像刀子一样吹打我们的身体，又有很多人在严寒和力竭之中死去。

"提起这座山的最末一个山头，真令人胆寒。我们估计，从山脚到山顶共长80里地。我们的人在这里一死就是好几百。他们想坐下歇歇腿、喘喘气，就从此站不起来了。沿路，我们不停地弯下腰去，想拉他们站起来，可是发现已经咽了气……"

红一方面军翻过夹金山，到达懋功县，与红四方面军胜利会师，实现了党中央既定的战略目标。会师时，红一方面军约2万人，红四方面军有

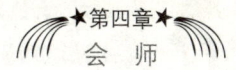

8万多人,两军合计10万多人,大大增强了红军的力量,为战胜国民党军队的围追堵截创造了极为有利的条件。但是,由于张国焘闹分裂,红军又几乎陷入绝境。

张国焘一再拖延时间,不执行中央的北上计划,导致战机贻误,在两河口会议上制定的《松潘战役计划》被迫取消。国民党军完成集结,几乎把红军北上能走的所有路线都堵死了,只给红军留下了穿越草地这条唯一的出路。蒋介石说:"松潘草地乃北面天然屏障,飞渡不易,因此北堵南追,集中主力封锁,红军插翅难逃。"薛岳也说,红军要想"通过软沙没人之草地,势有不能"。在万分危急的情况下,毛泽东果断决定,冲出草地,北进甘南!

松潘草地位于青藏高原与四川盆地的过渡地带,纵横300余公里,面积约15200平方公里,海拔在3500米以上。这是一片充满危险与死亡的土地!黑河和白河从南到北纵贯其间,河道迂回曲折,岔河横生,地势低洼,水流淤滞而成沼泽。经年水草,盘根错节,结络成片。草甸之下,积水淤黑,泥泞不堪,浅处没膝,深处没顶。远远望去,似一片灰绿色的海洋,不见山丘,不见树木,鸟兽绝迹,人烟荒芜,没有村寨,没有道路,东西南北,茫茫无垠。草地上天气变幻莫测,刚刚阳光明媚,忽然间便可能暴雨倾盆,寒风凛冽。行走在草地上,步步惊险,稍有不慎便陷入泥潭,越挣扎陷得越深,甚至遭受灭顶之灾。在红军进入草地之前,没有任何人敢穿越草地,不要说普通的民众,就是敢于献身的历史学家、地理学家和探险家,也没人敢涉足一望无际的草地。

1935年8月21日,红军开始过草地。行军的队列分为左右两路,平行前进。右路军由毛泽东、周恩来、徐向前等率领,自四川毛儿盖出发,进入草地,经过7天的艰苦跋涉,到达草地尽头的班佑地区。其他部队也陆

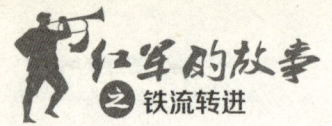

续穿越了茫茫草地。

草地上没有路，到处是水草、沼泽、泥潭，人和马必须踏着草甸走，小心翼翼地从一个草甸跨到另一个草甸。有的人没踩着草甸一下子陷进泥沼，就被污泥活活吞噬。一开始没有经验，往往是一个人陷进去后，其他人伸手去拉，结果都被污泥吞噬了。后来有了经验，战士们陷进泥沼后慢慢移动身子上来，或者把绑腿带缠在被陷进泥沼的同志的腰间再把他拖出来。

雨季雨水多，不仅增加了行军的困难，而且增加了过河的难度。草地上有不少河，河宽水急，非常难过。许多战士挨冻受饿，再加上冰冷的河水刺激，就倒在了河水中。

过草地的另一大困难是粮食严重匮乏。当地自然条件恶劣，又地广人稀，加上国民党反动派的搜刮，汉民、藏民之间隔阂又深，红军筹粮难上加难。到后来，野菜、草根、树皮，凡是能充饥的，都成了红军的粮食。就连身上的皮带、皮鞋，甚至皮毛坎肩，还有马鞍，都被煮着吃了。有一次，一个战士偶然发现一副牛骨架，上面居然还粘着几片肉，大家七手八脚地将它搬回营地，把仅有的几片肉分给妇女和孩子，骨架大部分送给了兄弟部队，自己只留下一小部分作为存粮慢慢吃。还有一些官兵因为误吃了有毒的野菜而中毒死亡，后来，党员们便组成了"试吃小组"，每当发现一种不认识的野菜后，经过党员"试吃小组"的试吃，其他官兵才吃。"试吃小组"不幸试吃到有毒的野菜而牺牲时，都是面部乌黑，嘴角流血，然而他们手里还紧紧攥着一把野菜以警示战友。这就是红军，一支伟大的革命队伍，每到关键时刻，党员往往挺身而出，把死亡留给自己，把生的希望留给战友。

草地里的天气一日三变，温差极大。上午还是晴空万里，烈日炎炎；

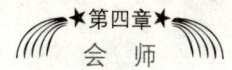
第四章
会 师

下午就突然黑云密布,雷电交加,暴雨、冰雹铺天盖地而来;晚上气温甚至降至零摄氏度以下,冻得人们瑟瑟发抖。许多战士过草地时只穿着单衣或夹衣,脚上穿的是一双草鞋,甚至是赤脚。脚是湿的,衣服是湿的,柴草也是湿的,身上几乎没有干过。聂荣臻后来回忆说:"过草地那些日子,天气是风一阵雨一阵,身上是干一阵湿一阵,肚里是饱一顿饥一顿,走路是深一脚浅一脚,不少人倒下去了。"牺牲的人越来越多,后边的人无须向导,顺着尸体,就可以准确地找到行军路线。担任收容任务的部队,每遇到倒下的官兵,总是要掀开盖在他们脸上的草看一看,因为这些负伤、生病或是饿得走不动的红军官兵,往往为了不拖累队伍,在生命的最后时刻会用草把自己的脸盖上。

行军中有一个战士掉队了,他奋力追赶队伍,不幸陷进深深的泥沼。污泥淹没头顶的时刻,他艰难地伸出手臂,朝着红旗的方向高举着。世界上不曾有过像中国工农红军这样的队伍:官兵军装是一样的,头上的红星是一样的,牺牲时的姿态也是一样的——向着红旗的方向。冲出绝境的官兵们围坐在篝火边,没有悲伤,没有绝望,他们烤着衣服,用嘶哑的嗓子唱着:"共产党领导真正确,人民拥护真真多。红军打仗真英勇,打破了国民党的乌龟壳,我们真快乐!"

在岷山山脉向北延伸的最后一座高山,也是中央红军主力在长征途中翻越的最后一座雪山——大剌山的山顶上,红军指战员们回首远眺,千里雪山尽在脚下,万亩良田近在眼前。长征胜利在望,战士们心情十分舒畅。

雪山、草地是绝境,国民党重重包围是绝境,张国焘对党和红军的分裂更是绝境,英勇的红军最终冲出了绝境。红军最终征服了雪山、草地,向世界宣告:我英勇红军是不可战胜的!红军为我们留下了极其丰富的历史遗产,最珍贵的就是对党绝对忠诚,在任何时候、任何情况下,都坚决听党

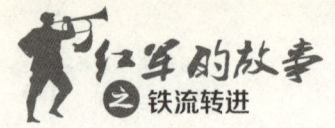

指挥，跟党走。

抗日北上

中国人历来重视"师出有名"。1934年下半年红军进行的战略转移，并不是盲目的逃跑，而是有着明确的战略方针。这关系到红军长征举什么旗、走什么路的重大战略问题。

1934年7月，党和红军正紧锣密鼓地准备战略转移。博古以"抗日"为主题进行动员，他指出："目前我们正处在日本帝国主义新的大举进攻的面前，处在日本帝国主义侵略中国的新阶段面前，处在中国民族危机新阶段的面前。"他提出："党的基本方针，即在于尽量发展苏区与非苏区的群众革命斗争，把全国的革命斗争统一在无产阶级的领导之下，而适时地配合起来，率领它们为推翻帝国主义资产阶级地主的统治，为工农民主专政的苏维埃在全中国的胜利而斗争。这就是党的总的政治路线。"

在长征中，红军始终不渝地坚持"北上抗日"方针。红军每到一处，都张贴"北上抗日、收复失地""红军是抗日救国的先锋队""组织抗日救国联军""联合全国白军弟兄同胞一致抗日""反对帝国主义瓜分中国"等标语，以演说、歌舞等形式，向各族群众宣传党的抗日主张。《红星报》也刊载多篇文章，宣传党的"北上抗日"方针。

"北上抗日"方针的实现经历了一个艰难的过程。"抗日"是中国共产党和红军的一致愿望，但"北上"到何处呢？起初，党中央把"北上"的目标定在湘西。湘江战役后，这一计划被否决。之后，红军西进贵州，鏖战云贵川，始终未能确定北上的最终目标。1935年6月召开的两河口会议，决定北上建立川陕甘根据地。直到1935年9月，党中央在甘肃省宕昌县哈

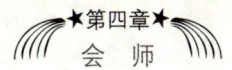

达铺，才确定以陕北为长征的最终目标。

历史证明，"北上抗日"方针是正确的。

第一，"北上抗日"引导了战略转移的方向。"中原大战"结束后，国民党内部的派系战争基本结束，蒋介石集团掌握了国民党中央政权，国民党政权趋于稳定。南方既是国民党势力重心所在，也是英美帝国主义的势力范围。在英美帝国主义的支持下，蒋介石能够集中力量重点"围剿"红军，使红军在南方长期存在与发展的困难越来越大。最后，红军主力全部退出南方，南方的红色根据地全部陷落，敌我双方实力的差距是一个十分重要的原因。相对来说，北方的农村地区，反革命力量更为薄弱。国民党中央政权对北方鞭长莫及，控制力较南方弱，因此把革命的重心转移到北方，是党中央的英明抉择。

第二，"北上抗日"缓解了国内的阶级矛盾。在中华民族面临灭亡的危急关头，"北上抗日"方针不再以国民党为首要敌人，而是以日本帝国主义为首要敌人，这就成功地把阶级斗争转化为民族斗争。红军"北上抗日"后，在一定程度上缓和了与蒋介石集团的矛盾。中央红军离开苏区后，蒋介石认为自己"大功告成"，开始调整政策，在对红军进行军事打击的同时，试图用政治手段解决国共矛盾。从1936年1月到8月，蒋介石派出使者赴陕北，同中共中央秘密接触。中共中央也派出代表周小舟等人多次赴南京等地，同国民党代表进行了多次谈判。双方尽管没有达成协议，但为了民族利益建立起秘密联系的渠道，为国共正式谈判做了准备。

第三，"北上抗日"使我们党占领了政治上的制高点。20世纪30年代中期，日本帝国主义大肆侵略中国北方，中日民族矛盾异常尖锐。这表明，中日民族矛盾已经上升为中国社会的主要矛盾，中国北方又成为中日民族矛盾最尖锐的地区。工农商学兵各界民众团体和知名人士，纷纷发表通电，

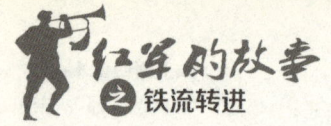

抗议日本帝国主义的侵略暴行，要求国民党政府出兵抗日。国民党内要求抗日的呼声也越来越强烈，部分国民党军队在东北、华北奋起抵抗，一场全国性的抗日救亡运动正在兴起。中国共产党和红军把北方作为根据地，站在了对日斗争的最前沿，成为引领抗日救亡运动的先锋，得到了全国人民的拥护，为我们党成为即将爆发的全面抗日战争的中流砥柱做了重要准备。

同时，红军的另一支队伍也打着"抗日旗帜"，开始了历时11个月的长征，这就是被称作"中国工农红军北上抗日第二先遣队"的红二十五军。

1934年11月6日，红二十五军开始西进，程子华任军长，徐海东任副军长，吴焕先任政治委员。红二十五军下辖第二二三团、二二四团、二二五团和手枪团，全军共计2987人。

★红二十五军军旗

红二十五军一路向西北进军，翻越桐柏山，进入了豫西平原。为迅速通过平原地区，向伏牛山挺进，红军注重搞好与当地围寨的关系，给各个围寨的首领都写了信，信中除了说明红军北上抗日的目的之外，还提出了"你不打我、我不打你"的协议。红二十五军的宣传队每路过一座围寨便发传单、贴标语，并高声喊话："老乡老乡，不要惊慌。红军所向，抗日北上。借路通过，不进村庄。奉劝乡亲，勿加阻挡。"

红军的政策收到了明显的效果，红军不仅没有受到阻拦，反而受到

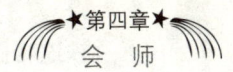

第四章 会师

当地百姓的支持，他们甚至在路边摆放了开水和饭食供红军取用。红军顺利通过豫西平原，在穿过南阳至许昌公路的必经之地独树镇时遭遇敌人埋伏截击，战斗持续到深夜。红二十五军领导认为不宜与敌人决战，当机立断快速脱离战场，强渡漕河，进入伏牛山，后又转入陕西洛南境内。

12月10日，中共鄂豫皖省委在庚家河召开常委会议，决定在鄂豫陕边创建苏区，并将鄂豫皖省委改为鄂豫陕省委。随后，红二十五军活动于洛南、郧西、镇安、卢氏一带，进行开辟苏区的工作。

1935年1月下旬，蒋介石命令西安绥靖公署调兵4个旅又1个团，对红二十五军发动第一次"围剿"。红二十五军迂回穿插于优势敌人之间，各个击破，连战连胜，4月18日攻克洛南，粉碎了国民党军的第一次"围剿"。5月初，红二十五军发展到3700余人，在鄂陕边、豫陕边和华阳地区建立了5个县的革命政权，创建了鄂豫陕边苏区，这是长征中唯一一支在困境中发展壮大的队伍。

1935年5月，国民党军30多个团向红二十五军发动第二次"围剿"。红二十五军诱敌深入，于6月初北上商县地区，随后又转至庚家河，13日包围商南县城，接着攻占富水关、青山街，南袭荆紫关。7月2日，红二十五军在袁家沟口全歼国民党

★鄂豫陕苏区创建人——吴焕先

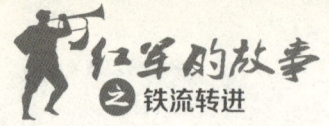

军警备第一旅,毙伤俘旅长以下1700余人,粉碎了国民党军的第二次"围剿"。

此时,红二十五军获悉,红一方面军与红四方面军在川西会师北上。为配合主力红军行动并同陕甘红军会合,7月中旬,红二十五军从西安以南的沣峪口出发继续长征,进占甘肃东南部与陕西西部交界的两当、秦安地区,切断了西安至兰州的公路。随后,红二十五军攻克隆德,并在四坡村歼灭国民党军1个团。此后,红二十五军转战于西(安)兰(州)公路附近的崇信、灵台地区。此时,由于张国焘搞分裂,拖延北上,红二十五军一直未获得红一、红四方面军北上的确切消息,而国民党军却正在迫近。为避免被动,红二十五军于8月31日经平凉以东四十里铺渡过泾河,向东北方向急进,摆脱了敌军的围追堵截,进入陕甘苏区。

1935年9月,徐海东、程子华率领红二十五军进入陕西保安县豹子川。刘志丹异常兴奋,认为两军会师后必然能够大大增强西北地区的革命力量,于是主动配合红二十五军。他亲自起草《为欢迎红二十五军北上给各级党部的紧急通知》,要求陕甘地区党的各级组织迅速行动起来,组织党员和群众迎接红二十五军,并委派陕甘边苏维埃政府主席习仲勋等前往豹子川。刘志丹亲率红二十六、红二十七军赴延川县永坪镇,同红二十五军会合。三军会师后合编为红十五军团,徐海东任军团长,程子华任政治委员,刘志丹任副军团长兼参谋长,全军有7000多人。

1935年10月29日,中共中央以中国工农红军陕甘支队全体指战员的名义,发出《陕甘支队告红二十五、二十六军全体指战员书》,指出:陕甘支队经过两万多里的长征,就要与红二十五、红二十六军会合,这"是中

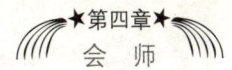

华苏维埃运动的一个伟大胜利,是西北革命运动大开展的号炮",将极大推动中国革命的发展。次日,中央率陕甘支队由吴起镇出发,前去与红十五军团会合。

红十五军团领导人主动迎接,决定南下作战,为党中央北上创造条件。军团长徐海东说:"毛主席快到了,再打上一仗,作为见面礼!"部队喊出了"打个大胜仗,迎接党中央"等口号,士气极为高昂。红十五军团官兵奋勇作战,一举拿下陕西鄜县张村驿等据点,缴获大批粮食和物资,为党中央落脚陕北创造了有利条件。

长征结束后不久,西安事变爆发。经过谈判,国共两党再次合作,中国历史进入抗日战争阶段。中国共产党从北方向全国发展势力,领导全国人民抗战。中国革命掀起新的高潮,北方也成为中国革命复兴的战略基地。

万道归一

长征虽然是各路红军在不同时间、不同地点分别进行的战略转移行动,但目的只有一个,那就是保留火种,北上抗日。

同张国焘的分裂主义进行斗争之后,脱离险境的党中央带领红一、红三军团,披星戴月、连夜兼程,以强行军速度于1935年9月11日下午6时陆续抵达甘南边境的俄界地区。次日,中共中央在这里召开了政治局扩大会议,史称"俄界会议"。会上讨论了党和红军今后的行动方针,系统地批判了张国焘反党、分裂红军的严重错误,同时根据彭德怀的建议将红一方面军主力和中共中央、中央军委直属部队改编为"中国工农红军陕甘支队",彭德怀任司令员,林彪任副司令员,毛泽东任政治委员。

俄界会议后,毛泽东带领陕甘支队向甘南进发,9月17日凌晨,一举

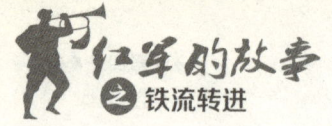

攻占天险腊子口,打开了进入甘南的大门。在哈达铺,一天,红军在街上偶然获得一份国民党出的《山西日报》,上面载有国民党军进攻陕北红军刘志丹部的消息,而且从消息中能看出,刘志丹领导的部队人数不少,根据地也不小,且有一定的群众基础。这让毛泽东喜出望外,决心率领陕甘支队向陕北苏区迅速前进。

在顺利突破渭河封锁线后,9月27日,陕甘支队进入榜罗镇,在一所小学里获得了更多的报纸,上面登载了红二十五军来到陕北与红二十六、红二十七军会合的具体情况。根据新获得的材料,9月28日,党中央在榜罗镇召开政治局常委会议,决定迅速赶往陕北苏区,把党中央和陕甘支队的落脚点放在陕北,改变了俄界会议上确定的以游击战争与苏联发生关系的决定。

★榜罗镇会议旧址

中央红军继续北上,接下来的行军路线则是一个月前红二十五军走过的地方,经过通渭县城、穿越西兰公路进入回族区。红军沿路受到群众的热烈欢迎,经过红二十五军驻扎过的兴隆镇附近时,路边摆满了茶水和面饼。红军战士们一路唱歌、一路欢笑,有老百姓兴奋地问:"是徐老虎的部队吗?"看来,徐海东领导的红二十五军在这里给老百姓留下了深刻的印象,这也让毛泽东对未曾谋面的徐海东暗自夸赞,对北上陕北与那里的红军会师更是充满了强烈的期待和坚定的信心。

此时,蒋介石获悉陕甘支队就是由毛泽东率领的红一、红三军组成的,暴跳如雷。他哀叹道:"六载含辛茹苦,未竟全功。"随即他命令毛炳文、

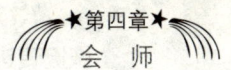

马鸿宾部和张学良的东北军在隆德、平凉、固原一线严密堵截,紧追不舍,以削弱和歼灭红军。

10月上旬,红军翻越六盘山。在环县的羊肠小道上,毛泽东的警卫员收到刘志丹托人给毛泽东送的信。看完信,毛泽东十分兴奋,走到战士们中间,举着这封信对大家说:"同志们!我们就要到陕北根据地了!我们的红二十五军和二十六军派同志接我们来了!"刹那间,掌声、欢呼声响彻山谷。

10月21日,毛泽东在吴起镇的大峁梁亲自部署了一场"割尾巴"战斗,击溃国民党军马鸿逵、毛炳文和东北军白凤翔的骑兵部队,把敌人挡在了根据地以外。这场战斗为中央红军进入陕北根据地与陕北红军会合献上了一份礼物,也标志着中央红军历时一年的长征胜利结束。

1935年9月下旬,中央红军进入甘南后,蒋介石掉转方向,向任弼时、贺龙领导的湘鄂川根据地发动围攻。由于敌我力量悬殊,任弼时和贺龙决定率领红二、红六军团撤离根据地,向贵州转移。而恰在此时,中共中央与红二、红六军团的电讯联系中断了,任弼时感到非常困惑。

9月29日,机要员送给任弼时一份很蹊跷的电报,大致内容是:"弼兄,我们已到陕北,密留老四处。弟豪。"任弼时非常清楚,"豪"就是"伍豪",是周恩来的化名,但"密留老四处"又是什么意思呢?周恩来为什么不使用事先约定的密码,而是用明码发电报呢?

出于警惕,任弼时当日用原密码回复了一封询问电报。

恩:

(一)我们八月二十七日占领澧州、津市、石门、临澧,现已退出。

(二)我们将敌原"围剿"计划冲破,准备粉碎敌对我们新的大举

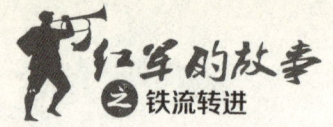

"围剿"。

（三）你们现在何处？久失联系，请来电对此间省委委员姓名说明，以证明我们关系。

弼时
九月二十九日

第二天，任弼时收到的回电使用的是事先约定的密码。

一、二十九日来电收到。

二、你们省委弼时书记，贺龙、夏曦、关向应、萧克、王震等委员。

三、一、四方面军六月中在懋功会合行动，中央任国焘为总政委。

四、广播蒋敌十月在宜昌建立川湘黔行营，刘湘已调许绍宗师九个团进攻你们。

五、望你们以冲破敌之原"剿"部署的英勇和经验来冲破新的"围剿"。

六、我们今后应互相密切联络。

朱、张
三十日

电报是红军总司令朱德和总政委张国焘联名签署的，使用的又是红二、红六军团和中央约定的联络密码，那么此电确实是"中革军委"发来的，但任弼时此时还不知道此"中革军委"非彼"中革军委"，是张国焘在四川马尔康卓木碉非法成立的"第二中央"。

当初，周恩来之所以用明码跟任弼时联系，就是因为原来的联络密码

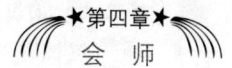

保存在红军总司令部,在张国焘手里,他不得已才用了明码。任弼时收到电报后,也在怀疑:明明第一封电报是周恩来发出的,为什么回电的却是朱德、张国焘?于是,在接下来的40多天里,任弼时和贺龙多次在电报中询问:红一、红四方面军是否已入陕境?将在何处建立根据地?发展的方向和方针是什么?但这些询问电报使用的是密码,而没有密码的周恩来自然无法收到,即使收到也无法解读。因此,掌握着联络密码的红军总部电台收到了任弼时的电报并且随即译了出来。就这样,红二、红六军团一直和他们认为的"中革军委"保持着联系,而张国焘也隐瞒了红一、红四方面军分路行动的事实,仅仅告知两军已经"会合行动"。

此时,在湘鄂川黔苏区的北、西、南三面,湘军和鄂军部署的兵力已达到86个团,而东面是中央军的42个团,总兵力30万,是红二、红六军团总兵力的15倍。国民党军采取逐段筑堡、交替前进的方式,一点一点地压缩根据地的范围,红军陷入生存危机。1935年10月15日,朱德和张国焘致电贺龙、任弼时、关向应,同意红二、红六军团开始转移,并通报了红四方面军的战斗方位。1935年11月19日晚,红二、红六军团2万余官兵开始了战略转移。

红二、红六军团首先突破了国民党军设置在澧水和沅江一线的封锁线,这是红二、红六军团突出重围的第一步。进入湖南腹地后,红二、红六军团占领了几个县城,打击了当地的富豪和矿主,让当地无数贫苦矿工看到了反剥削反压迫的革命曙光,同时红军也进行了必要的补给和扩军。

为了隐蔽西进贵州的意图,红军东进衡阳方向,转而急促南下,到达湖南西南部接近广西的洞口地域后,突然折向西,于1936年1月1日到达芷江以西的冷水铺附近,这里已经临近贵州边界了。

但便水一战,红军与湘军李觉的第十六师遭遇了,敌人增援不断,红

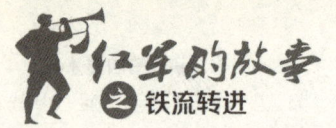
红军的故事 之 铁流转进

军寡不敌众,以惨败告终,不仅红二军团第四师参谋长金承忠、第四师第十一团团长覃耀楚、第六师第十六团参谋长常海柏在战斗中牺牲,而且官兵伤亡1000余人。

而后红二、红六军团急速越过湘黔边界,进入一年前红六军团经过的石阡地区,在这里召开会议,决定继续向西,争取在贵州西部建立根据地。此间,朱德、张国焘多次发电报,指导红二方面军西进的转移路线,这是朱德怕红二、红六军团西进受挫而特意提醒。于是,红二、红六军团开始重走了一年前中央红军的长征之路。

经过2个月的转战,红二、红六军团减员严重,特别是有作战经验的老战士和干部伤亡很大,难以继续应对国民党几十万大军的围追堵截,于是他们请求"一、四方面军此时应以较大的行动吸引川敌及蒋敌之一部,以配合我们行动"。

朱德、张国焘回电,建议红二、红六军团"在黔、滇、川境广大区域与敌人在运动中消灭敌之一部,争取根据地,与我们配合作战"。于是,红二、红六军团在贵州地下党的配合下,展开了在黔西建立根据地的工作。

蒋介石绝不能容忍红军在贵州安家落户,于是开始了新一轮的"围剿"。红军在黔西、大定、毕节等地相继遭遇失败,这个根据地仅仅存在了20天。

在乌蒙山里悄悄跳出敌人包围圈后,红二、红六军团的领导不能确定下一步的行动方向。3月30日,朱德、张国焘回电表示,希望红二、红六军团与红四方面军北进。于是,军团领导经过慎重讨论,决定放弃建立根据地的计划,北进与红四方面军会合。此时,红二、红六军团已在盘县休整了三天,将从这里出发,开始第二阶段的长征,真正放弃在滇黔川边地

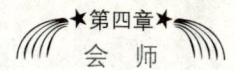

区建立根据地的想法。

红二、红六军团穿越云南中部，经历数场恶战后，在金沙江上游渡江，然后翻越大雪山，于1936年5月3日到达云南中甸。5月5日，红二、红六军团分两路进入

★甘孜县城新貌

甘孜。6月22日，红六军团终于与前来接应的红四方面军第三十二军一起到达甘孜附近的普玉隆。8天后，红二军团到达甘孜北面的绒坝岔，与红四方面军的第三十军会合。

远远看见贺龙的时候，朱德勒住了马，泪光闪闪，眼泪里是一年来说不尽的隐忍与奋争。

1935年9月10日，党中央率领红一、红三军团单独北上后，陈昌浩、徐向前没有追赶、阻拦，也算是顾全大局，没有铸成大错。

随后，徐向前、陈昌浩率红四、红三十军及红军大学部分人员再次过草地南下，9月底，与张国焘、朱德等在大金川北端的党坝会合。10月5日，张国焘在卓木碉主持召开高级干部会议，公开另立"中央"。

然而，敌人步步紧逼，红军伤亡日增，部队处境日趋被动，南下方针的错误愈加暴露。红四方面军的"大举南进"很快失败，总兵力由8万人锐减到4万人。

红二、红四方面军会师后，共组中共中央西北局，陈昌浩当选为委员。在贺龙、任弼时、朱德、刘伯承深入细致的工作下，经历南下失败沉痛教

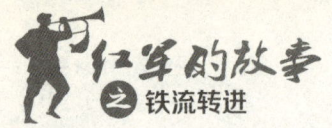

训的陈昌浩改变了看法，决心劝说张国焘甚至强迫其北上。1936年9月16日，西北局会议在岷州三十里铺召开，讨论部队的行动方针。会上，陈昌浩与张国焘发生了激烈的争论，陈昌浩主张按照中央要求北上与红一方面军会师，张国焘则认为红四方面军应西渡黄河夺取宁夏。二人互不相让，争论持续到深夜。

陈昌浩后来回忆："会议开了好几天，张国焘坚决主张向青海之西宁进军，怕会合后，他就垮台了……他最后以总政委的身份决定西进，决定后就调动部队……我认为张国焘的决定是错误的，我有权推翻他的决定，即以四方面军总指挥部的名义下达命令，左翼部队停止西进，准备待命；右翼部队也停止西撤。"

命令下达后，张国焘深夜去找陈昌浩，强调会合以后一切都完了，中央会让他们交出兵权，会开除他们的党籍，对他们以军法处置。陈昌浩则强调："必须去会合，会合后就有办法了，分离对中国革命是不利的。我们是党员，错误要向中央承认，听候中央处理，哭是没有用的。"张国焘见无法改变陈昌浩的决定，悻悻地走了。

这是陈昌浩第一次与张国焘发生意见分歧，而且发生在红四方面军生死攸关的时候，张国焘面临人生转折的时候。同样，此时的陈昌浩也不能确定自己的前途命运是否会从此发生变化，但信仰的力量、革命的理想，让他很坚决地与过去的自己、与张国焘划清了界限。

1936年10月9日，红二、红四方面军在指战员的共同努力下，终于在会宁与红一方面军胜利会师。

拓展阅读

任弼时（1904—1950），湖南省湘阴县塾塘乡（今属汨罗市）唐家桥任氏新屋人，原名任培国，曾用名布林斯基、陈林、辟世、史林等。任弼时出身于贫苦教师家庭，青少年时期就读于长沙明德中学、湖南第一联合县立中学，五四运动中接受革命思想，1920年8月在上海加入中国社会主义青年团，1921年5月赴莫斯科，入东方劳动者共产主义大学学习。1922年底，任弼时转为中国共产党党员，并于1924年8月回国，参加社会主义青年团的工作，任教于上海大学。1925年10月，任弼时任中共中央军事运动委员会委员，1927年4月下旬至5月上旬出席中国共产党第五次全国代表大会，并在会上当选为中央委员。

第一次国共合作破裂后，任弼时出席在汉口召开的中共中央紧急会议，主张土地革命。不幸的是，1928年10月任弼时在安徽巡视党的工作时，在南陵县被国民党反动派逮捕入狱，经受酷刑折磨，经过党的营救于年底出狱，但在1929年11月于上海再次被捕，后经党组织营救出狱。

中央革命根据地第五次反"围剿"失败后，任弼时奉命率红六军团撤离湘赣苏区，突围西征。1934年10月底，任弼时在贵州东部与贺龙、关向应领导的红三军会合，开创湘鄂川黔革命根据地。1935年11月，任弼时与贺龙等率红二、红六军团突围长征。1936年7月至1937年8月，

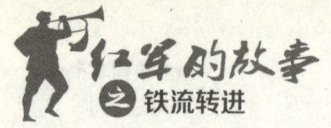

任弼时任红二方面军政治委员兼第二军团政治委员,并任中共中央西北局副书记,拥护以毛泽东为代表的中共中央,维护党的团结,同张国焘分裂党和红军的行为作斗争,力促红军三大主力会师。

全国抗日战争爆发后,任弼时任八路军总政治部主任、中共中央革命军事委员会委员、中央军委前方分委员会委员。1944年5月,他负责召集党的历史问题决议准备委员会,受中央委托主持起草《关于若干历史问题的决议》。解放战争时期,任弼时参与党的重大方针政策的制定。1947年3月,在中共中央撤出延安后,任弼时兼任中央直属支队司令员,随毛泽东留在陕北,坚持斗争,协助指挥西北和全国的解放战争。由于身患疾病,任弼时于1949年11月赴苏联就医,1950年10月27日在北京因病逝世。主要著作被编成《任弼时选集》。

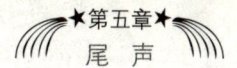

第五章　尾　声

　　1935年10月19日，中央红军进驻吴起镇。22日，吴起镇会议召开，确定以陕甘革命根据地为落脚点，"建立西北的苏区，领导全国大革命"。至此，中央红军长征胜利结束。中央红军北上后，红四方面军在张国焘的指挥下，南下连连受挫，不得不北上。红二方面军也最终北上。1936年10月，三大主力红军在甘肃胜利会师，震惊中外的长征宣告结束。

　　两年间，中国工农红军跨越14个省份，总行程6.5万里左右；翻越了20多座巨大的山脉，其中5座位于世界屋脊上，终年白雪皑皑；渡过了30多条河流，包括世界上最汹涌险峻的峡谷大江；走过了世界上海拔最高的茫茫草地。这一切，都是在激烈的战斗中完成的。他们始终处在数十倍于己的国民党军的围追堵截中，遭遇的战斗在400场以上，进行师以上规模战斗120多场，牺牲营以上干部432人，平均每3天就发生一次激战。他们以绝对的劣势条件，战胜了绝对优势的国民党军队，经受住了饥饿、寒冷、伤病和死亡的威胁。他们付出了极其惨重的代价，86000多人的红一方面军到达陕北吴起镇时，只剩下近8000人；近10万之众的红四方面军，到达甘肃会宁时只剩下33000多人；红二方面军在长征开始时有21000多人，到达将台堡时只剩下11000多人。

　　从表面上看，长征是红军在一个外国人的错误指挥下打了败仗被迫进行的战略转移。然而，在当时的形势下，南方红军向靠近抗日前线、国民

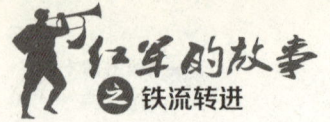

党统治力量比较薄弱，同时又具备政治基础的陕北革命根据地转移，不仅是必要的，而且是必然的。在一定程度上，我们可以把南方根据地的失败和红军的被迫转移，看成对这种必然性的适应过程。1927年大革命失败后，党把战略重心从敌人力量强大的城市转入到敌人力量薄弱的农村，开展武装斗争。20世纪30年代，国民党内部派系战争基本结束，国民党统治集团已经稳定下来，开始全力消灭国民党战略重心所在的南方的革命力量，红军难以在南方长期生存与发展。1932年红四方面军撤离鄂豫皖，有人对此不理解。1982年李先念在一次谈话中说："有人说，退出鄂豫皖不对，我看不退也不行，是被逼出来的。自古有语，卧榻之侧，岂容他人酣睡？蒋介石怎么能让我们那么多人在他跟前革命？……我与徐帅交换过意见，退出鄂豫皖是对的，那个地方长期占不住。"红二、红六军团也被迫从南方转移到北方，也体现了这种必然性。三大主力红军多次寻找最终的落脚地，最后都进入西北。

由于日本帝国主义加紧侵略中国，北方成为民族矛盾最尖锐的地区，中国共产党把战略大本营安在西北，站在了民族斗争的最前线，成为领导即将爆发的全面抗日战争的中流砥柱。这样看，长征的意义远远超过了一般的军事行动。抗日战争胜利以后，中国共产党就迅速地打败了蒋介石独裁统治集团，建立了新中国，取得了新民主主义革命的最后胜利。因此，长征胜利是中国革命第二次由失败走向胜利的重要转折，是此后中国革命胜利进军的前奏曲，在新中国成立后，它仍然鼓舞着亿万人民在社会主义革命和社会主义建设中奋勇前进。